ナンシー探偵事務所

呪いの幽霊屋敷

小路すず

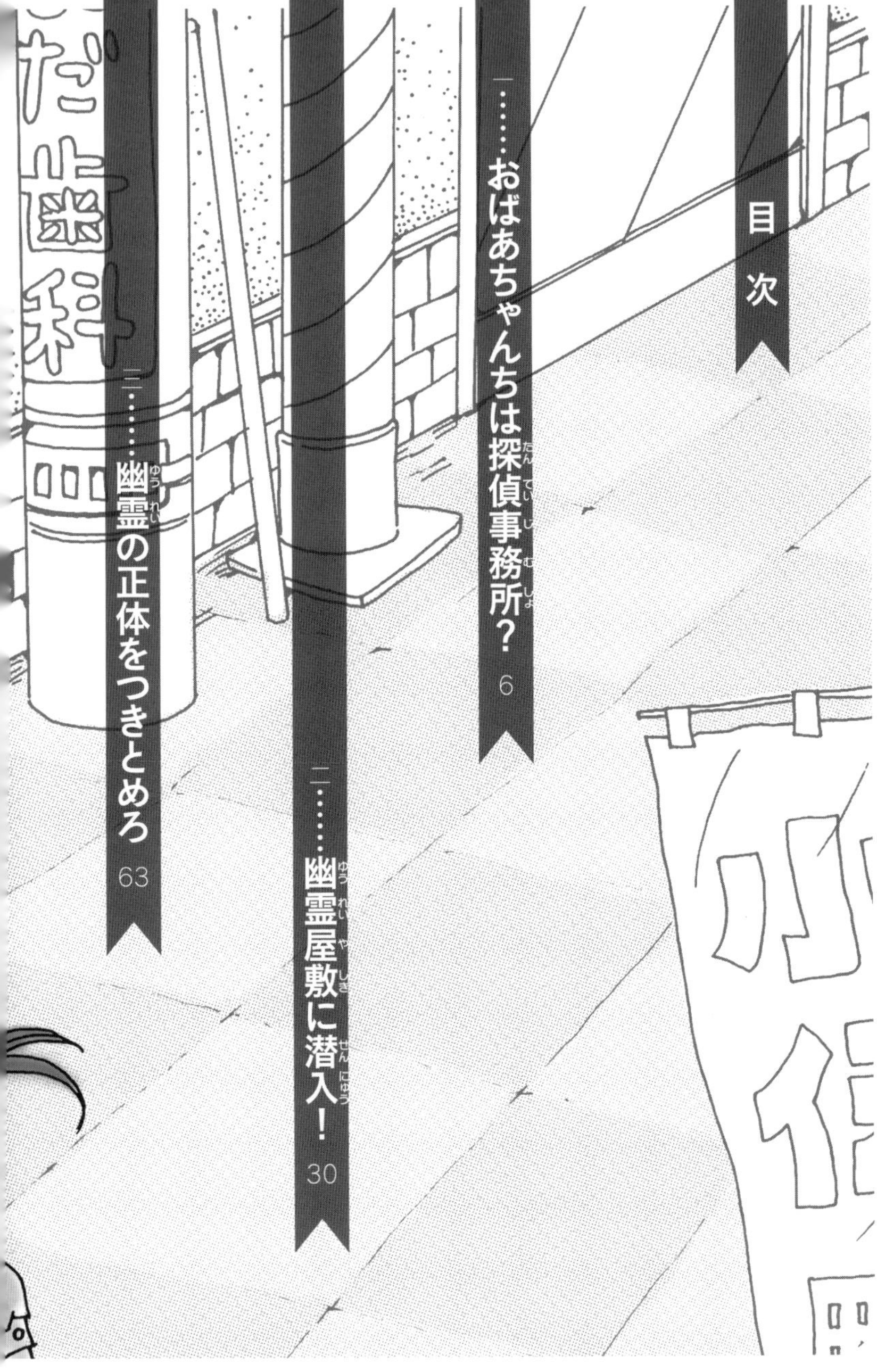

目次

やきとり
一本…100

装画・挿絵／カタノトモコ

ナンシー探偵事務所

呪いの幽霊屋敷

――……おばあちゃんちは探偵《たんてい》事務所《じむしょ》？

「おでんまち」は、漢字で小伝町と書く。だから、食べ物のおでんとは、なんの関係もない。この町の名前をはじめて聞いた人は、たいていプッと吹き出すけれど、長く住んでいる人にとっては、当たり前すぎるくらいに当たり前のことなので、みんななんとも思っていない。おでん小学校、おでん団地、おでん警察署《けいさつしょ》、おでん郵便局……。

おでん町なんていうから、どんな町かと思ったけど。なーんだ、普通《ふつう》のきれいな町じゃん。

おでん駅のプラットホームにおり立った南原椎菜《なんばらしいな》は、広く澄《す》んだ十月の空を見上げて、ふぅっと、大きく深呼吸《しんこきゅう》をした。

東京タワーが間近に見える、都心のど真ん中のタワーマンションで暮《く》らしてきた椎菜にとって、東京郊外《こうがい》にある、おでん町の空の広さと町の静けさは、とても新鮮《しんせん》だった。

椎菜は、目的の駅に無事にたどり着いたことにホッとして改札口をぬけると、リュックサックのポケットから、ママの手がきの地図を取り出した。

たしか、おばあちゃんちは、おでん町銀座っていう商店街のなかにあるはずなんだけど……。

椎菜は、地図と町なみを見くらべながら、「ふーん」と首をかしげた。

地図の矢印にしたがうと、新しくてきれいで便利そうな店がならぶ駅前通りではなく、駅を出たら、線路ぞいの細道を進むようにとなっている。

こんな道の奥《おく》に、商店街？　椎菜は少し不安に思いながら、それでも、地図の矢印のとおりに線路ぞいの細い道を進み、矢印のとおりにつきあたりで回れ右をして、そして、かたまった。

椎菜の頭の上にあるのは、「おでん町銀座」と文字がならぶ電飾《でんしょく》のアーチ。そこからのびる細長い通りには、いろいろな種類の小さな店が、肩《かた》を寄《よ》せあうようにギュッとひしめいている。街灯には造花のしだれ桜がヒラヒラと舞い、通りのつきあたりには、かわら屋根と長いえんとつをもつ銭湯《せんとう》が、でんとかまえていた。

うそ、これ本物？　駅前の新しくてきれいで便利そうな町なみとはうって変わった、昭和の映画のセットのような風景を前に、椎菜《しいな》は何度もまばたきをし、しばらく動けなかった。レトロといえば聞こえはいいけれど、シャッターが閉まった店も多く、さびれているといっても、さしつかえがない。

椎菜は、ママが実家に寄りつかず、椎菜にもママ友にも、実家の話をしたがらなかった理由が、ひと目でわかったような気がした。

ママの地図によると、商店街の入り口から見て、左側の五軒目《けんめ》にある文房具屋《ぶんぼうぐや》がおばあちゃんち、ということになっている。「今でも、文房具屋なら……」とママはいっていたけれど。

一軒目、短い白衣を着たおじいさんがひとりで店番をしている床屋《とこや》（客はなし）。二軒目、シャッターが閉まったやきとり屋（夜から開店するのかもしれない）。三軒目、ラーメン屋。こちらはまあまあ繁盛《はんじょう》しているらしく、ラーメンのいい匂《にお》いがただよい、『豚骨《とんこつ》ラーメントントントン』というのれんの下には、客の姿《すがた》が見えている。四軒目、『こまつ』という藍色《あいいろ》ののれんがかかった定食屋。こちらは「準備中《じゅんびちゅう》」と墨字《すみじ》で書かれた木の札がかかっている。そして五軒目、探偵事務所《たんていじむしょ》。

え？　探偵事務所??

椎菜は、『ナンシー探偵事務所』という看板《かんばん》をかかげた、もとは喫茶店《きっさてん》にしか見えない店の前で、また、かたまった。

ナンシーって、なに？　探偵事務所って、どういうこと？

いや、いや、いや。これはママの地図の、ちょっとしたまちがいだろうと、椎菜は気をとり直して、六軒目をのぞいてみた。

けれども、そこは古めかしい和菓子屋《わがしや》で、ガラスケースには大福と赤飯とみたらし団子がならび、そのむこうで、かなり歳《とし》をとったおじいさんが、うつらうつらしている。

いや、いや、いや。ならば左右をまちがえたんだと、むかいの店を見てみると、そっちはカラオケスナックで、ドアには「昼カラ中」とマジックで書いただけのはり紙。中からは演歌をがなる声がひびいている。

ってことは、この怪《あや》しげな『ナンシー探偵事務所《たんていじむしょ》』がやっぱり、おばあちゃんち？

椎菜《しいな》は、「ほーっ」となり、ごくりと、つばをのみこんだ。

椎菜は、けっして明るい性格ではない。友だちも多くないし、これといった特技もないし、猫《ねこ》アレルギーだし、みんなを笑《わら》わせるようなおもしろい話もできない。学校の勉強はまあまあだけど、体育と音楽はかなり苦手だ。じつは保育園時代には、バレエとピアノを習っていたのだけれど、あまりにもへたすぎて小学校に入るときにやめてしまった。

でも、そんな椎菜にも、たったひとつだけ、だれにも負けないといえることがあった。それは、とにかくたくさんの探偵小説を読んでいることだ。

学校の図書室にある子どもむけの探偵小説はぜんぶ読んだ。町の図書館にあったのもぜんぶ読んだ。それでもあきたらなくて、本屋で少しむずかしい大人むけの探偵小説も買って読んだ。知識と観察力をいかした推理《すいり》で、難事件《なんじけん》を解決にみちびく名探偵は、椎菜のあこがれなのだ。

だから、探偵という文字を見ただけで、ついついワクワクしてしまったのだ。

おばあちゃんって、もしかして探偵なのかな？

椎菜はドキドキしながら、ガラスのドアごしに店のなかをのぞいてみた。けれども、うす暗くて中の様子はよくわからない。少なくとも、人がいて動いているような気配はなかった。

わたしが来ること知っているはずなのに、おばあちゃん、いないのかな？

どうしようかなと、しばらく迷ったけれど、迷ったところでほかに行くあてもないのだから、行くしかない。

椎菜は心を決めると、大きく息を吸い、ガラスのドアを押《お》し開けた。

チロリン、とドアについていた鈴の音がひびく。

やっぱり元は喫茶店《きっさてん》だったようで、木製のカウンターが、店の奥《おく》にむかってのびている。

「あ、あの、こんにちは」

声をかけながら、店のなかに足をふみ入れた椎菜の目に、飛びこんできたのは、床《ゆか》に横たわる、白くて細い二本の足だった。

え、だ、だれか、たおれてる？

おそるおそる近寄《ちかよ》ると、床の上におばあさんがひとり、あおむけにたおれているのが見えた。しかも、その胸《むね》にはべっとりと血のようなものがついていて、おばあさんは、カッと目を見開いている。床《ゆか》にも血だまりができていて、そこには血まみれのナイフが転がっていた。

え、ええ、これ、どういうこと？　こ、これって、まさか、死んでる？

おどろきすぎて腰《こし》がぬけて、椎菜《しいな》はすぐには動けず、声も出せなかった。

と、と、とにかく外に出て、だれか呼《よ》ばないと……。頭では、やるべきことがわかっているのに、体が動かない。

やっと、じりじりとあとずさりを始めた椎菜は、ふっと、動きを止めた。

目を見開いてかたまっているはずのおばあさんが、まばたきをしたように見えたのだ。

あれ？　今のなに……。

そういえば、この匂《にお》い。さっきから、猛烈《もうれつ》に匂っているのは、……トマトケチャップ？

椎菜は小さく深呼吸《しんこきゅう》をすると、リュックサックを床に下ろした。そして、たおれているおばあさんに、もう一度、ゆっくりと近づいてみた。

写真でしか見たことがないけれど、たおれているのは、今日ここで椎菜を待っているはずの、椎菜のおばあちゃんらしい。

椎菜は、床の血だまりみたいなところに、こわごわ指をつっこみ、鼻を近づけてみた。

やっぱり。この匂いとドロッとした感触《かんしょく》は、どう考えてもトマトケチャップだ。あらためておばあちゃんを見ると、白いセーターは血まみれに見えているけれど、胸に刺《さ》されたような傷《きず》はなかった。

気持ちが少し落ち着いて、心臓のドキドキもおさまってきた。息を整えておばあちゃんの顔をのぞきこむと、おばあちゃんのまぶたが、ピクピクふるえているのがわかった。

「あ、あのおばあちゃん、さっき、まばたきしたよね？」

おばあちゃんのまぶたが、また、ピクピク動く。

「あの、生きてるよね？　これ、ケチャップだよね」

すると、おばあちゃんは、にんまり笑《わら》って、

「なーんだ、わかっちゃった。つまんないのぉ」

ぼう然としている椎菜《しいな》の横で、がばっと起き上がった。

「せっかく十年ぶりに孫と再会するんだしさ、なんか普通《ふつう》じゃ、つまんないなと思ってね。歓迎《かんげい》の気持ちをこめて、あれこれ考えたんだけどねぇ」

こ、これが、歓迎の気持ち……？

「でも、血まみれのばあさんを見て、冷静にトマトケチャップだって見ぬくなんて、たいしたもんだよ。あんた、わたしより、よっぽど探偵《たんてい》にむいてるかもしれないねえ」

おばあちゃんは、手早く着がえてもどってくると、床《ゆか》をぞうきんがけし、それから涼しい顔でコーヒーをつくりはじめた。

白髪《しらが》まじりのストレートヘアを、あごの高さで、ぱつんとそろえたおかっぱヘアに、紫《むらさき》のふちのメガネ。おばあちゃんといえども、背筋《せすじ》はしゃんとのびている。

「えっと、椎菜はコーヒー牛乳、飲める？」

あらたまったあいさつもなく、おばあちゃんは、なにかの話の続きみたいにいい、ちらりと椎菜を見た。

「あ、はい」

椎菜がうなずくと、おばあちゃんはいれたてのコーヒーに、氷と牛乳をたし、ストローをつけてカウンターにのせた。

「どうぞ」

「ど、どうも」

コーヒー牛乳なんてめったに飲まないけれど、のどがかわいていたので、思わずごくごく飲む。おかげで、気持ちがすーっと落ち着いてくる。つくりたてのコーヒー牛乳は、売っているのとはちがって、コーヒーの香りがふわっと広がって、甘《あま》くないのに、おどろくほどおいしかった。

「あー、おいしい」

椎菜が目をまるくすると、おばあちゃんは意外とやさしい目で、満足そうにうなずいた。その顔を見て、椎菜はホッとした。ちょっと変わっているけれど、こわい人ではなさそうだ。

「あの、おばあちゃんって、探偵なの？」

椎菜は、からになったグラスをカウンターに置くと、期待をこめた声でいった。

「ああ、昨日《きのう》まではね」

「昨日《きのう》まで？」

「こうして椎菜《しいな》も来たことだし、今朝《けさ》やめたんだよ。明日《あした》からは、あんみつ屋か、それとも、この商店街にうなぎ屋ってないからさ。うなぎ屋もいいかなって思ってるんだけどねぇ」

まるで夕食のメニューを相談《そうだん》するような軽い口調だ。

「はあ……。あの、でも、どうして探偵《たんてい》はもうやらないの？」

「ろくな仕事がこないからさ。逃《に》げたインコを探してくれだとか、夏休みの宿題を手伝ってくれとか、となりの家の弱みを見つけろとかさ。もう便利屋じゃないっつうの」

ふーん。現実はけっこうきびしいらしい。それにしても、明日からあんみつ屋？

「探偵はね、子どものころからのあこがれでね。どうしても一度やってみたかったの。今まであれこれやってきた人生の集大成って感じでね。それで思いきって半年前に始めたんだけど。ま、なかなかうまくいかないもんだねぇ」

おばあちゃんは、言葉ほど深刻な様子はなく、「クッキーでも食べるかい」と今度はクッキーの缶《かん》をカウンターにのせた。

「あ、はい、どうも……」

がっかりしながら、椎菜は、赤いゼリーがまん中についたクッキーをひとつだけつまんだ。それを見て、おばあちゃんがクスクス笑《わら》う。

「美樹《みき》といっしょだね」

「え？」

「あんたのママも、いつもクッキーは、まん中に赤いのがついたやつを、まっさきに食べてたよ。そういうのは、似《に》るんだねぇ」

椎菜は、思わず手元のクッキーを見つめた。ママはいつも、椎菜に好きなのを選ばせて、自分は残りのものを少しつまむだけだった。

本当は、ママも赤いゼリーがついたクッキーを食べたかったのかな……。

そう思ったら、胸《むね》の奥《おく》がキューーッとなった。つい二時間前に、ママと別れてきたばっかりなのに、急にさびしいような、心細いような気持ちになってしまった。

「美樹もなにもこんなかわいい子を置いてまで、パリになんか行かなくてもいいのにねぇ」

コーヒーをブラックで飲みながら、おばあちゃんがつぶやいた。

椎菜《しいな》のママは、洋服のデザイナーをしている。高校を卒業したあと、デザイナーのアシスタントから始めて、洋服の会社をわたり歩き、やっと大手の服飾《ふくしょく》メーカーに就職《しゅうしょく》。結婚《けっこん》して椎菜を産んで、椎菜が二歳《さい》のときに離婚《りこん》して、それからは実家にもたよらず、デザイナーを続けながら、女手ひとつで椎菜を育ててくれた。

そんなママには夢があった。いつかファッションの都パリで暮《く》らし、本場のファッションデザインを勉強することだ。その思いが、四十歳を目前にした今年、とうとう爆発。ママは会社に長期の休暇《きゅうか》を申し入れて、パリに行くことを決意してしまったのだ。

もちろんママは、椎菜も連れていくつもりだった。

けれども、椎菜は行きたくなかった。言葉がわからない国で暮らすなんて、考えただけでもぞっとするし、白いごはんやおみそ汁や納豆《なっとう》を気軽に食べられない生活なんて、とても耐《た》えられそうにない。冒険心《ぼうけんしん》の強いママとちがって、椎菜は変なところがおくびょうなのだ。

「外国で暮らして、外国の言葉を覚えて、文化のちがいを知るのは、とても貴重《きちょう》な体験《たいけん》なのよ」とママは力説したけれど、パリに行くと思えば思うほど、椎菜の具合は悪くなり、とうとう熱を出して寝《ね》こんでしまった。

「パパは再婚して、よそのうちのパパになっちゃったし、椎菜がどうしても日本に残るっていうなら……」

ママは、こめかみをもみながら、ため息をついた。

「おでん町で、あのおばあちゃんと暮らすしかないのよ」

こうして、ママは今日、成田空港からパリ行きの飛行機に乗って飛び立ち、椎菜は〇歳のとき以来、会ったことのない「あのおばあちゃん」と暮らすために、このおでん町にやってきたのだ。

クッキーをつまみながら、椎菜は、店のなかをぐるっと見回した。

「あの、ここ、探偵事務所《たんていじむしょ》の前は、なんだったんですか？　ママは、おばあちゃんちは、たぶん文房具屋《ぶんぼうぐや》だって……」

カウンター席のある店のつくりは、探偵事務所にも見えないけれど、文房具屋のようにもまったく見えない。

「美樹《みき》がここに最後に来たのって、もう十年も前のことだろ？　そんな同じ店、いつまでもやってるわけないじゃない。わたしはね、一度きりの人生を思いっきり楽しみたいのよ。同じことばっかり毎日やってるなんて、うんざりなの。この十年だって、文房具屋《ぶんぼうぐや》のあと、すぐに喫茶店《きっさてん》に改装して、それからカレー屋、お好み焼き屋、整体院に、おにぎり屋、それからえっと……」

指折《ゆびお》り数えるおばあちゃんを前に、椎菜《しいな》は、ぼうっとなってきた。

ママはいつも、なんでもすぐに投げ出さないで、続けることが大切だっていっていた。続けていれば、できなかったこともできるようになるし、夢もきっとかなうって。実際に、ママは夢をかなえてパリに飛び立ったのだから。

それなのに、ママのお母さんが、こんなにあきっぽい人だったなんて……。

「ま、そんなわけでね。今度は、あんみつ屋かうなぎ屋のどっちかと思っているんだけどさ。椎菜はあんみつとうなぎ、どっちが好き？」

「あの……わたしは」

おばあちゃんちが探偵事務所《たんていじむしょ》だと思ったときの、ワクワクした気持ちが胸《むね》によみがえる。探偵だって続けていれば、きっとまわりの人たちに認《みと》められて、ちゃんとした仕事が入ってくるにちがいない。

「あんみつもうなぎも、好きじゃありません」

「え、なら、うどん屋でもいいけど？」

椎菜はカウンターにバンと両手をつくと、身をのり出すようにしていった。

「そうじゃなくて、わたしも探偵にあこがれているんです。おばあちゃん、半年やったくらいで投げ出さないで、探偵を続けて！」

自分でもおどろくほど、大きな声が出た。

おばあちゃんがぽかんとして目をしばたかせていると、ドアの鈴がチロリン、と鳴った。

「ナンシー、ちょっとばかり相談《そうだん》があるんだけど……んっと、とりこみ中？」

事務所に入ってきたのは、がっしりした体に、茶色い背広《せびろ》をはおった角刈《かくが》りでギヨロ目の、中年のおじさんだった。

おでん町銀座で古くから不動産屋をやっている関川《せきかわ》さんだと、おばあちゃんが教えてくれた。

おばあちゃんは、カウンターに座った関川さんの前にコーヒーを置くと、無愛想《ぶあいそう》にいった。

「一応、話は聞くけどさ、引き受けるとはかぎらないからね。探偵はさ、本当はもう今朝《けさ》で……」

椎菜《しいな》はリュックサックから自由帳と筆箱《ふでばこ》をとり出すと、カウンターのおばあちゃんのとなりに、さっとならんだ。

「相談《そうだん》の内容、お願いします」

関川《せきかわ》さんは、コーヒーを飲みながらうなずいた。

「いや、実はね。ほかでもないナンシーに、幽霊退治《ゆうれいたいじ》をお願いしたくてさ」

「ゆ、幽霊？」

おばあちゃんと椎菜の声がそろう。

「うん。三丁目のバス通りにあるお屋敷《やしき》、知ってるだろ」

「ああ、えっと、たしかトウワ食品の社長が住んでいたとこかい？」

「そうそう、それ。三年前に社長が急死して、あれよあれよという間に会社が倒産しちゃってね。そのとき抵当《ていとう》に入ってたあの屋敷、なんだかんだでうちが引き取ったんだけど、これがなかなか買い手がつかなくてね。そうしたらさ、最近、出るらしいんだよ、これが」

関川さんは胸《むね》の前で幽霊の手つきをまねして見せ、おばあちゃんと椎菜は、思わず体をのけぞらせた。

「ただでさえ売れなくてこまってるのにさ。変なうわさがこれ以上広がるとまずいんだよ。ナンシー、なんとかしてくれよ」

「だめだめ、だめだよ、幽霊なんて。わたしはね、こう見えても霊とかそういうの、まるっきり見えないタイプなの。そういうのは、霊媒師《れいばいし》とか霊能者とか、そういう専門家にお願いしたらいいだろ」

おばあちゃんは虫でもはらうように、顔の前で手をふった。

「おじさん、幽霊って、具体的にいつどんなものが出るの？　見た人がいるの？」

椎菜が口をはさむと、関川さんははじめて椎菜の存在《そんざい》に気づいたように、ギョロ目をぱちくりして椎菜を見た。

「美樹《みき》のひとり娘。今日からしばらく預《あず》かることになったんだよ」

「ああ、どうりでよく似《に》ているね。顔もだけど、しっかりしたしゃべり方も。えっと、そうそう、店のお客さんから聞いた話なんだけどさ。屋敷に火の玉が浮《う》いてたとか、窓《まど》に髪《かみ》の長い女の影《かげ》が映ったとか、部屋のカーテンがゆれたとか、女の泣き声が聞こえたとかね。ご近所じゃ、このところ、ちょっとしたうわさになってるらしいんだ」

「ホームレスでもしのびこんでんじゃないのかい？」

椎菜《しいな》も思ったことを、おばあちゃんが口にする。

「ま、それならそれでそいつを追い出せばいいんだけど。あの話があるからさ……」

関川《せきかわ》さんが、口ごもった。

「あの話？」

「うん。実はさ、そのトウワ食品の東條《とうじょう》って社長が亡くなるときにね、苦しみながら、なんか遺言《ゆいごん》を残したらしいんだよ、こんな感じで」

関川さんは、片手で胸《むね》をつかむようにおさえ、もう片方の手を前にのばして、苦しそうな顔をしてみせた。

「『あの、屋敷《やしき》には、本物の、呪《のろ》いが、かかっている』とか、なんとか」

「なんだいそれは。呪いに、ニセ物も本物もないだろ」

おばあちゃんが、首をひねる。

「だからさ、つまり、ものすごい効《き》き目のある呪いが、かかってるってことじゃないのかな」

関川さんが、大まじめに答える。

「それで、その呪いのせいで、幽霊《ゆうれい》が出ているっていうのかい？」

おばあちゃんがさらに首をひねった。

「呪いと幽霊って、なんかちょっと、ちがうような気がするけど……」

椎菜が遠慮《えんりょ》がちに口をはさむと、

「ま、そうなんだけどさ、おれはとにかく、そういうオカルトっぽいの苦手でね。気味が悪くて、正直、あの屋敷に近づきたくないんだよ」

関川さんは大きな体をすぼめて、身ぶるいをした。

「で、わたしに、どうしろっていうんだい」

「だからさ、屋敷のカギをわたすからさ、本当に幽霊が出るのかどうか、たしかめてほしいんだよ」

「で、幽霊がいたら？」

「もう二度と出ないように話つけてくんないかな。ナンシーならさ、ほら、あの世にも、いっぱい知り合いがいるだろ？」

「知り合いって、両親が亡くなったのはとっくの大昔だし、ダンナが亡くなったんだって三十年も前のことだよ」

「いや、ま、そこをなんとか頼《たの》むよ」

関川《せきかわ》さんは、おばあちゃんをおがむように両手を合わせた。

本物の呪《のろ》いがかかっているという遺言《ゆいごん》に、たびたび目撃《もくげき》されている幽霊《ゆうれい》か……。

椎菜《しいな》は呪いとか幽霊なんて、これっぽっちも信じてはいない。

きっと、なにか裏《うら》があるはずだ。

椎菜は探偵《たんてい》みたいなセリフを心のなかでつぶやくと、すっと顔を上げた。

「わかりました。さっそく調査《ちょうさ》いたします！」

それから、関川さんは屋敷《やしき》の門のカギと玄関《げんかん》のカギを残し、「よろしく頼《たの》むよ」と何度もいって、帰っていった。

「まったく幽霊屋敷だなんて、迷いインコ探してるほうがよっぽどましだよ」

おばあちゃんがうらみがましい目で椎菜をにらむ。

「子どものころからの夢を、たったの半年でやめちゃうなんてもったいないよ。探偵って、いろいろな仕事を引き受けて解決して、はじめてまわりの人たちから信用されるんでしょ」

「……まあ、そうだけど」

「少しくらいつらいことがあっても、投げ出さないで根気よく続けることがいちばん大切だって、うちのママがいつもいってるもん」

「ったく、美樹《みき》はろくなこと、子どもに教えないんだから」

おばあちゃんは、やれやれというように首をふると、自分のカップに二杯目《はいめ》のコーヒーをそそぎ、椎菜の顔も見ずにいった。

「まずは、現場《げんば》の確認《かくにん》と、ご近所の聞きこみからだね」

「え？」

「呪いだの幽霊だのなんて、わたしゃかんたんに信じられないからね。しのびこんでるやつを、とっつかまえればいいんだろ」

「あ、うん」

どうやら、おばあちゃんも、やる気になってきたらしい。椎菜はすかさず、

「じゃ、暗くなる前に現場に行ってみよ」

「え、今から？　椎菜だって、ついさっき、ここに着いたばっかりだし、なにもそんなに急がなくても」

「善は急げって、いうでしょ？」

「幽霊屋敷《ゆうれいやしき》だよ。ぜんぜん、善じゃないだろ」

「仕事がきたことが、善なの」

「わかったよ。じゃあ、ちょっと準備《じゅんび》してくるから」

おばあちゃんはあきれ顔で肩《かた》をすくめると、カウンターの裏《うら》から二階《かい》に続く階段を上っていった。

探偵《たんてい》の準備ってなんだろう。七つ道具とかあるのかな？

ワクワクしながら待っていると、ほどなくして、おばあちゃんがもどってきた。その姿《すがた》を見て、椎菜《しいな》は、あ然とした。

ベージュのトレンチコートにサングラス、おかっぱ頭にのせたソフト帽《ぼう》。

「あ、あのおばあちゃん、準備って……」

「どんな職業でもね、やるときはまず、ファッションが大切だからね」

え、そうだったの？

「探偵のときは、これって決めてんのよ。だから真夏は探偵やらないよ。こんなコート、暑くて着れやしないし」

「はあ……」

「あ、それでね。わたしのことは、おばあちゃんなんて呼《よ》ばないどくれ。この商店街じゃ、みんなにナンシーって呼ばれてるんだからね」

「……なんで、ナンシーなの？」

ナンシーという名前から連想する金髪《きんぱつ》美女とはほど遠い、こけし顔を見ながら、椎菜はおそるおそる質問した。

「そりゃもちろん、南原《なんばら》しのぶをちぢめて、ナンシーだよ」

それなら、まあ、わからなくもない、か。それにしても……。

「あれ、もしかして椎菜も、美樹《みき》が離婚《りこん》してから、南原なんだっけ」

ナンシーがうれしそうに椎菜を見る。

「え、うん」

いやな予感。

「って、ことは椎菜もナンシーじゃん。わたしたち、W《ダブル》ナンシーだね」

ナンシーが、カラカラと楽しそうに笑《わら》った。

二……幽霊屋敷《ゆうれいやしき》に潜入《せんにゅう》！

おでん町銀座から歩いて約十分。バス通りに面したその屋敷は、灰色《はいいろ》のブロック塀《べい》にかこまれた、古めかしい洋館だった。

「昔は、白亜《はくあ》の豪邸《ごうてい》って感じだったけど、人が住まなくなると、あっという間にダメになっちまうもんなんだね。たしかに、ちょっと不気味だねぇ」

バス通りをはさんだむかいの歩道に立つと、ナンシーはサングラスをメガネにかえ、双眼鏡《そうがんきょう》で屋敷をながめ回した。椎菜《しいな》はリュックサックから自由帳とえんぴつを取り出して、さっそくメモをとる。

むかって屋敷の左側は三階《かい》建てのマンション。右側はすべり台やブランコ、ジャングルジムなどがある児童公園と接している。

「さてと、とにかく行ってみようか」

さっさと歩きはじめたナンシーのあとについて、椎菜も横断歩道をわたった。

背《せ》の高い鉄の門からは、雑草《ざっそう》がおいしげった庭と、屋敷の一階の部屋の大きな出《で》窓《まど》が見える。出窓には白いカーテンがかかっていて、中の様子は見えなかった。ナンシーは、関川《せきかわ》さんに預《あず》かったカギで門の南京錠《なんきんじょう》をはずし、ふたりで屋敷の敷地内に足をふみ入れた。

屋敷の庭は、外から見る以上に荒れはてていた。しかも、背の高い木々に陽をさえぎられて、森のようにうす暗い。

とつぜん、バサバサバサッ。頭上で木の葉がゆれる大きな音がした。

ギャーーッ！　ナンシーと椎菜は思わず大声をあげ、たがいに飛びつくように抱《だ》き合った。

カーッ、カーッ、カーッ。

空を見上げると、大きくてまっ黒なカラスが、ふたりをあざ笑《わら》うような声で鳴きながら飛びさっていく。

「なんだ、カラスか」

ナンシーがホーッと胸《むね》をなでおろす。椎菜もホッとしたけれど、まだ心臓のドキドキが止まらない。

「やっぱり、気味が悪いね」椎菜《しいな》が思わず弱気な声を出すと、

「引き返すなら今だよ。今から関川《せきかわ》のところに行って、カギを返しても」

ナンシーがここぞとばかりにいいだしたので、椎菜はあわてて首をふった。

「だめだめ。まだ始めたばっかりなのに、こんなところで、かんたんに投げ出してどうするの」

椎菜は、自分にいいきかせるようにいった。

「でも、なんかあってからじゃ」

「ナンシー、懐中《かいちゅう》電灯ある?」

椎菜が言葉をさえぎると、ナンシーは、やれやれという顔でバッグから懐中電灯を取り出した。

「まずは、屋敷《やしき》のまわりを一周してみよう」

椎菜が足をふみ出すと、ナンシーは懐中電灯でうす暗い足元を照らした。

建物の右手、児童公園に接したほうから回っていくと、おどろくことに、雑草《ざっそう》のなかに、かなりの量のゴミが散乱《さんらん》していた。

だいたいが空き缶《かん》やカップめんの容器などで、どうやら公園で食べたり飲んだりしたものを、そのまま投げこむふとどき者がいるらしい。なかには、古い自転車や原付バイクもあり、バイク便のロゴがついたバイクまでが置き捨てられていた。

「ひどい」

思わず椎菜がつぶやく。

「悲しくなるねぇ。だれにも見られてなければ、なんでもできるっていう人間が多い証拠《しょうこ》だよ」

「空き缶くらいならともかく、自転車やバイクまでこんなところに投げこむって、どういうこと？」

「粗大ごみの処理《しょり》は、お金がかかるからさ。ここに投げこんどけば、だれかが処理してくれるだろうって思ってるんだろ」

「そんな……」

大人はいつも、お財布《さいふ》にじゃらじゃらお金を入れているのに、こんなところでどうしていきなりケチになるんだろ。椎菜には、そういう大人の感覚がいまいちわからなかった。

屋敷《やしき》の真裏《まうら》あたりまで来ると、塀《へい》に小さな木戸があるのが見えた。ナンシーが懐《かい》中電灯《ちゅう》を持って、近づいていく。

「あれま、このカギ、こわれてるよ」

ナンシーの手元をのぞくと、かけ金だけのかんたんなカギが、だらりと下がっているのが見える。ナンシーが戸を押《お》すと、キーッときしむ音とともに、戸はあっさり開いた。ふたりそろって戸から顔を出すと、外は静かな裏通りで、駐車場や古びたアパートがあるだけで、人影《ひとかげ》すら見えない。

「これなら人目につかないで、だれでも出入りできちゃうね」と椎菜《しいな》。

探偵《たんてい》が推理《すいり》する間もなく、「幽霊《ゆうれい》」の出入り口は、ここにまちがいなさそうだ。

「表にあんなに頑丈《がんじょう》なカギをつけたって、裏がこれじゃ、どうしようもないね」

ナンシーはあきれたようにいいながら、またキーッと音をたてて戸を閉めた。

庭をひとまわり回って、やっと玄関《げんかん》までたどり着いた。玄関のポーチに立つと、ナンシーが足元を見て、

「やっぱり」

意味深につぶやいた。

「どうしたの？」

「この玄関の足元、見てごらん。まわりは落ち葉でいっぱいなのに、このドアが開く形にそって落ち葉がないだろ。最近、人が出入りした証拠《しょうこ》だよ」

「あ、ホントだ」

椎菜は感心して大きくうなずいた。

いいかげんなことばっかりいっているのかと思ってたけれど、こんなところにすぐに気づくなんて、ナンシーはやっぱり名探偵なのかもしれない。

「ナンシー、すごい推理だね」

椎菜が目を輝《かがや》かせてナンシーを見ると、

「ふふ。先週のサスペンスドラマでね、こういうシーンがあったんだよ」

ナンシーが得意げに鼻を鳴らした。

あ、そういうことか……。椎菜は、一瞬《いっしゅん》でもナンシーのことを名探偵だと思った自分がはずかしくなった。

ナンシーは玄関のカギを開ける前に、バッグからガラスのビンを取り出して、椎菜に手わたした。

「これ、持ってな」

「なにこれ?」

「コショウだよ」

「コショウ?」

「いいかい、今だって、中にだれかがひそんでいるかもしれないんだ。はち合わせしたらなにをされるかわからないよ。わたしたちは拳銃《けんじゅう》だのナイフだの、物騒《ぶっそう》なものは持てないからね。いざとなったら、これをふりまいて相手の目をつぶす。そのすきに逃《に》げて、交番にかけこむんだよ」

「う、うん」

でも、こんなんで、本当に暴漢《ぼうかん》にたちうちできるのかな……。

「これもサスペンスドラマで見たの?」

「いいや、これはナンシー探偵事務所《たんていじむしょ》オリジナル」

ナンシーが、得意げにニッと笑《わら》った。

だ、だよね……。

屋敷《やしき》のなかは、うっすらとカビのような匂《にお》いがした。

広い玄関《げんかん》から廊下《ろうか》が続き、左手はレストランの厨房《ちゅうぼう》のような広いキッチンとそこから続くダイニング。奥《おく》には洗面所と風呂場。右手のドアを開けると、大きな出窓《でまど》があるリビングが広がっていた。

部屋のすみには暖炉《だんろ》があり、革張りのソファセットにピアノ、ピアノのむかいの壁《かべ》には、深い森を描いた美しい絵が飾られている。

カーテンごしに夕日がさしこみ、部屋のなかは、物語の一ページをのぞいたような幻想的《げんそうてき》な雰囲気《ふんいき》だった。

「素敵《すてき》な部屋ね」

椎菜《しいな》はうっとりして部屋のなかを見回した。

「調度品なんかも全部そのままなんだね。豪華《ごうか》なもんだねぇ」

ナンシーも、シャンデリアのある天井《てんじょう》を見上げて、ほーっと息をのむ。

椎菜とナンシーは、さっそく部屋のなかを回ってみることにした。

近づいてよく見ると、出窓にかけられた白いカーテンは黄ばみ、一冊《さつ》も本がない本棚《ほんだな》やピアノには、ほこりが雪のように積もり、シャンデリアにはクモの巣《す》がはっている。どんなに豪華でも、人が住まなくなってしまった部屋には、なんともいえない冷たい空気がただよっているように、椎菜《しいな》には感じられた。

ナンシーは、探偵《たんてい》らしくピアノの裏《うら》をのぞいたり、暖炉《だんろ》に首をつっこんだり、本《ほん》棚《だな》の下の引き出しを開けたりしている。

「うーん。とくに荒らされたり、人がしのびこんだ形跡《けいせき》もないねぇ」

椎菜はソファセットの低いテーブルの横で、ふと、足を止めた。

「うーん？」

「なんだい、椎菜」

「このテーブル。なんか、きれいじゃない？」

本棚もピアノもほこりをかぶっているのに、このテーブルだけがピカピカと輝《かがや》いて見える。

「そうだね、大理石かね。そうとう高いものだろうね。ピカピカだ……ん？」

ナンシーもハッとしたように口をつぐんだ。ナンシーの目が椎菜の目を見る。

「このテーブルだけ、ピカピカ？」

椎菜はうなずいた。

「本棚や出窓《でまど》やピアノにはほこりがたまっているのに、このテーブルだけきれいって、おかしいよね」

ためしに指でテーブルをこすってみたけれど、指にほこりはつかなかった。

「あ、このソファもだ。これだけ、ほこりがついてないよ」

ナンシーがひとり用ソファの革のクッションを指でなぞった。椎菜とナンシーは、また、顔を見合わせた。

「これ、人がしのびこんだ形跡……？」

「みたいだね」

ナンシーは、ほこりのついていないひとり用ソファに、そっと腰《こし》をかけた。

「でも、ちょっと地味だね」

ナンシーが不満げにうなる。

「地味？」

「やることがさ。わざわざ屋敷《やしき》にしのびこんで、このソファに座って、なにをしていたんだろ。このテーブルで、お茶でも飲んでたっていうのかねぇ」

ナンシーは、ソファにもたれてお茶を飲むふりをする。

「それとも、その絵でも、ながめていたか」

今度は、ソファから背中《せなか》を起こして顔を上げた。椎菜《しいな》も、ナンシーの後ろに立ってみると、たしかに目に入るのは、壁《かべ》にかけられた、大型テレビくらいの大きさの森の絵だけだった。

「うーん」と椎菜。

「ふーん」とナンシーがため息をつく。

結局答えが出ないまま、とりあえずリビングを出て、となりの部屋に移ることにした。

こちらはうって変わって和室だった。床《とこ》の間があるだけで、テーブルもなく、がらんとしている。

「こっちは、宴会用《えんかいよう》の大広間ってところかね。お客さんがおおぜい泊《と》まったりしたのかもしれないね。押入《おしい》れもあるし」

いいながら、ナンシーの視線《しせん》が押入れで止まった。

「あのなか、なにが入っているんだろうねぇ」

「開けてみたら?」と椎菜。

「え、まさか、死体なんか飛び出してこないだろうねぇ」

ナンシーの声がかすかにうわずる。

いわれてみれば、幽霊屋敷《ゆうれいやしき》の押入れだ。なにが飛び出してきてもおかしくないような気がしてくる。

「懐中《かいちゅう》電灯、持っててあげるよ」

椎菜がいうと、

「わかったよ、開けますよ」

ナンシーは、「ぐぅぇいっ」と妙《みょう》な気合を入れて、押入れの戸を引いた。中に入っていたのは、数えきれないほどの座布団《ざぶとん》と、お客さん用の布団だった。

「ほうらね。だからさ、ここで宴会したりしたんだよ」

ナンシーの気のぬけたような声を聞きながら、椎菜も胸《むね》をなでおろした。探偵《たんてい》にはなりたいけど、死体なんかは、ぜったいに見たくない。

ホッとしながら、和室のなかをざっと一周すると、今度は二階《かい》に上がってみることにした。こちらには四つの部屋があり、広いベッドルームと書斎《しょさい》、子ども部屋らしい部屋が二つあった。

子ども部屋は両方とも壁《かべ》が淡《あわ》いピンク色で、女の子たちが暮《く》らしていたんだとすぐにわかった。本や衣類はなかったけれど、机やベッドはそのままになっていて、どこもうっすらとほこりがたまっている。

こんなに素敵《すてき》な部屋に住んでいた女の子たちは、今どこでどんな暮《く》らしをしているんだろう。お父さんが亡くなって、会社が倒産して……。椎菜《しいな》はそんなことを考えたら、少し胸《むね》が苦しくなった。

「まあ、家のなかは荒らされたり、だれかが住みついているような様子もないね。ホームレスでもいるのかと思ってたんだけど、どうやらそうでもないようだね。まったくだれが、なんの目的で幽霊《ゆうれい》やってるんだか」

椎菜も自由帳に書きつけたメモを読み返してみた。

表の門には頑丈《がんじょう》な南京錠《なんきんじょう》がついていたけれど、裏《うら》の木戸のカギはこわれていた。玄関《げんかん》のドアの前には落ち葉がなかったし、一階《かい》のリビングのテーブルとひとり用ソファにだけは、ほこりがたまっていなかった。

だれかがこの屋敷《やしき》にしのびこんでいるのはまちがいないはずなんだけど、目的は何なんだろう。

窓《まど》の外は、いつの間にかうす暗くなっていた。

「さてと、とりあえず現場《げんば》は確認《かくにん》したから、次は聞きこみでもしておこうかね。ちょっと裏から出てみようか」

それから、ナンシーと椎菜は、屋敷の裏の木戸を開けて裏通りに出た。すると、ちょうどむかいのアパートの外階段を女の人が下りてくるのが見えた。女の人は、屋敷の裏口から出てきたナンシーと椎菜に気づくと、立ち止まって、けげんな顔でふたりを見た。

どうしよう、かなり怪《あや》しまれてる。どぎまぎしながらとなりを見ると、ナンシーは背筋《せすじ》をのばし、さっと笑顔《えがお》をつくって、さっそうとした足取りで女の人に近づいていった。

あ、そういうことか。

どうやら、この女の人から聞きこみを始めるつもりらしい。椎菜は自由帳とえんぴつを手に持つと、あわててナンシーのあとに続いた。

「すみません、こんばんは」

ナンシーのいつもよりワントーン高いなめらかな声音に、椎菜はぎょっとした。でももっとびっくりしたのは、そのあとだった。

「わたくし、ＡＢＢテレビでディレクターをしております、南条《なんじょう》しおりと申します」

ナンシーは、まるでドラマのセリフのように流ちょうにいうと、女の人に名刺《めいし》をさし出した。ナンシーの手元を見ると、名刺にはちゃんと『南条しおり』と書いてある。

「じつはですね、今、うわさの心霊《しんれい》スポットという特番を担当《たんとう》しておりまして、こちらのお屋敷《やしき》に、幽霊《ゆうれい》が出るといううわさを聞きましてね」

トレンチコートにソフト帽《ぼう》というナンシーの探偵《たんてい》ファッションは、個性派のテレビ業界人に見えなくもない、かもしれない。けれど……。

でも、ちょっと、おばあちゃん過ぎじゃない？

そんな椎菜《しいな》の心配をよそに、ずっと疑わしげに眉《まゆ》を寄《よ》せていた女の人の表情が、いきなりやわらかくなった。

「なぁんだ、テレビ局の方だったのね。こんなところから出てくるから、ちょっとびっくりしちゃったんだけど……」

「ですよね。おどろかせてすみません。ご近所にお住まいですか」

「ええ」

「じゃあ、このお屋敷のうわさ、もしかしてご存知ですか」

三十歳《さい》くらいの女の人は、屋敷のほうをちらりと見ると、ほくろの多い顔を軽くしかめて、声をひそめた。

「そうそう、ここね、いろいろうわさがあるのよね。だからね、あんまり近づかないほうが、いいかもしれないわね」

「と、いいますと？」

「なんでも、本物の呪《のろ》いがかかっているんですって。うろうろしたり、中に入ったりすると、呪われるってうわさよ」

「そんなうわさが」

はじめて聞いたことのように、ナンシーが大げさにうなずく。椎菜は、呪いのうわさが、元社員や不動産屋の関川《せきかわ》さんだけでなく、ご近所にまで広まっていることを少し意外に感じていた。

「あ、ヤバ。わたし、これからバイトなのよ。じゃ、本当に気をつけてね。呪われたらたいへんよ」

ポケットのなかの携帯《けいたい》電話が鳴りだし、女の人は片手で電話を持ち、もう片方の手をふって、足早に行ってしまった。

「ナンシーすごい。テレビ局の名刺《めいし》を出しただけで、急に愛想がよくなったね」

「だろ。聞きこみのときは、これにかぎるんだよ」

ナンシーは、名刺入れから、南条《なんじょう》しおりの名刺をチラつかせてニッと笑《わら》った。

「これでインコも探したんだからね」

「え、インコも？」

まさか、うわさのインコ特集とかいったのかな……？

「さて、この調子なら、意外と幽霊《ゆうれい》を見ている人も出てきそうだし。表通りに行ってみようか」

ナンシーはトレンチコートのえりを立てると、背筋《せすじ》をのばして歩きはじめた。

それから約二時間。ナンシーのテレビ局の名刺のおかげで、けっこういろいろな幽霊目撃《もくげき》情報を集めることができた。

聞きこみの収穫《しゅうかく》は、こんな感じだ。

となりのマンションに住んでいる主婦。

「先週の土曜の夜に見たばっかりよ。ゴミを出そうと思って出てきたら、あの一階《かい》の右側の部屋のカーテンがね。ぼうっと白っぽく明るくなって、人影《ひとかげ》がゆれたのよ。時間？　そうね、夜の十時は過ぎていたと思うけど」

通りすがりの男子大学生。

「あ、見たことあるよ。いつだったかな、えっとバイトの給料もらった日だから、六月の最後の日だよ。十時ごろだったかな。前を通ったらさ、そこの部屋のカーテンが動いて、髪《かみ》の長い女の影が浮《う》き上がったんだよ。けっこうこわかったぜ」

犬の散歩中のおじさん。

「門のところから一階の窓《まど》が見えるだろ。光が浮き上がって見えたんだ。火の玉って感じだったな。あれを見たのは、うんと、お盆《ぼん》の最後の日だったな。幽霊があの世に帰るのかなって思ったからさ。犬の散歩仲間でも見てる人、多いんだよ」

公園にたむろしていた男子中学生。

「家のなかから女の人が、おいおい泣く声、聞いたことあるよ。空き家って知らなかったから、人が住んでるんだと思ってたよ。あとで幽霊屋敷《やしき》だって聞いてマジでビビったぜ。オレが聞いたのは、えっと、たしか月曜日の午前中。てへ、授業サボって学校から脱走《だっそう》してたんだよ。親にチクんなよな。あー腹《はら》へった。家に帰ろっと」

乱暴な言葉を使いながらも、最後は子どもっぽい顔で帰っていった男子中学生を見送ると、ナンシーは大きく伸びをした。

「さてと、わたしたちも、おなかがへったねぇ」

答える前に、椎菜《しいな》のおなかがグーッと鳴る。

「幽霊《ゆうれい》情報もいろいろ聞けたし、そろそろわたしらも夕飯にしようか」

「うん！」

おでん町銀座にもどると、ナンシーがむかったのは、事務所《じむしょ》ではなく、となりの定食屋『こまつ』だ。どうやら今日の夕飯はここで食べることにしたらしい。

ふたりで店ののれんをくぐろうとすると、中からナンシーと同じくらいの年ごろのおばあさんが出てくるところだった。ツヤのいいまっ白な髪《かみ》をふわふわのパーマにしていて、とてもおしゃれな印象だ。

「あら、ナンシー。久しぶりだね。あらまあ、こちらお孫さん」

「ああ、美樹《みき》の子どもの椎菜だよ。美樹が留学しちゃってね、今いっしょに住んでるから、ま、この商店街をうろうろすることになるからさ。よろしくね」

「南原《なんばら》椎菜です。よろしくお願いします」

椎菜はぺこりと頭を下げた。

「まあ、礼儀《れいぎ》正しくて美樹ちゃんによく似《に》ていること。おばあちゃんに似なくてよかったわね」

おばあさんがつくり笑顔《えがお》でいい、ナンシーはふんと鼻を鳴らす。椎菜はなんと答えたらいいのかわからなくて、つくり笑顔を返した。

「そういや、あんた、まだ探偵《たんてい》やってんのかい？」

おばあさんはパーマヘアを手で整えながら、チラッとナンシーを見た。

「ああ、まあね」

「探偵やってんならさ、オレオレ詐欺《さぎ》の一味でも捕《つか》まえとくれよ」

「オレオレ詐欺？」

「ったく、せちがらい世の中になっちまったもんだねぇ。はー、イヤになるよ」

おばあさんはふーっと息をつくと、「じゃあね」といいながら、ヒラヒラ手をふって行ってしまった。

「はん、なんだいあれは」

「ナンシーの友だち？」

「ちがうよ。生まれたころからの知り合いでね。くされ縁ってやつさ。それにしても、なんだか変な感じだったね……」

店に入ると、おいしそうな匂《にお》いとともに、パグ犬を連想させる人のよさそうな顔のおじさんがむかえてくれた。

「こちらね、『こまつ』のご主人の権蔵《ごんぞう》さん」

「どうもどうも。いよいよ、来たんだね、例のお孫さん」

「美樹《みき》にそっくりのはねっかえりでさ。さっそくこまってんだよ」

ナンシーは首を回しながらカウンター席に座ると、メニューも見ずに、日替《ひが》わり定食Aを注文した。椎菜《しいな》はメニューを見てうんうんうなる。どれもおいしそうだ。

「そんなことといって、椎菜ちゃんが来るの、指折《ゆびお》り数えて楽しみにしてたんだから」

「よけいなこと、いうんじゃないよ」

ナンシーは横目で権蔵さんをにらむと、カウンターに置いてあったポットのお茶を湯のみにそそいだ。

「そういえば、美樹はここのハンバーグが大好物だったね」

ナンシーがいったので、椎菜はハンバーグ定食を注文することにした。椎菜もハンバーグは大好物だ。

「今そこで、パーマ屋のはるみとすれちがったんだけど、ちょっと様子がおかしくなかったかい？」

フライパンをゆすっている権蔵さんに、ナンシーが声をかける。

「ああ、やられたらしいよ。オレオレ詐欺《さぎ》」

権蔵さんはフライパンを持ったまま、顔を上げた。

「そういうわけか。ふん、気取ってるけどバカだね、そんなもんにだまされるなんて」

「そうはいってもさ、かわいい末息子が、事故《じこ》で人をはねたなんていって、電話口でおいおい泣いたらさ、だれでもパニックになっちまうんだろうね」

「はん。自分の子どもの声も、わからないのかねぇ」

「電話だからね。自分の名前をいったから、そうかと思っちまったらしいよ」

「そんなもんかねぇ」

「はるみちゃんだけじゃなくて、ほかにも、電話がかかってきてるところがあるらしいよ。この商店街も名簿《めいぼ》かなんか、流出してんのかもしれないし。うちらも気をつけないとさ」

「うちは娘だからよかったけどね。まあ昔とちがって、この商店街も知らない顔がちらほらあるし、昔からの人間はすっかり年食って気弱になって、前ほどの結束力《けっそくりょく》もなくなっちゃったからね。名簿《めいぼ》なんか持ち出されても、わかんないだろうねぇ」

ため息をついたナンシーの前に、日替《ひが》わり定食A、椎菜《しいな》の前にハンバーグ定食がならぶ。ハンバーグ定食には、みそ汁と納豆《なっとう》もついているのがうれしい。椎菜は「いただきまーす」といいながら、さっそく箸《はし》をにぎった。

「それにしても、まるで美樹《みき》ちゃんが帰ってきたみたいだね。美樹ちゃんがそこのテーブルのすみっこで宿題やったり、絵を描いてたの、思い出すな」

昔をなつかしむような権蔵《ごんぞう》さんの声を聞きながら、椎菜はさっそくハンバーグを口に入れ、それからびっくりして、思わず顔を上げた。

「これ、ママのハンバーグと、同じ味……」

しっとりしてやわらかな感触《かんしょく》も、少し甘《あま》い味つけも、ママの味にそっくりだ。給食のハンバーグもファミレスのハンバーグも好きだけれど、椎菜は、家でしか食べられないママのハンバーグがいちばん好きだった。でも、外でこの味に出会ったのは、初めてだ。

椎菜が目をぱちくりしていると、

「へえ、美樹ちゃん、うちのレシピでつくってくれてるんだ」

権蔵さんが、パグ犬顔をうれしそうにほころばせた。

「おじさんがママに教えたの？」

「そうだよ。美樹ちゃんが、おじさんのハンバーグが世界一おいしいなんていうもんだからさ、本当は秘密《ひみつ》だったんだけど、教えてあげちゃったんだ。うちのはさ、大豆のすりつぶしとニンジンのすりおろしを入れてんの。だからやわらかくて食べやすいだろ。ちゃんと、うちの味、受けついでくれたんだねぇ」

「そういえば、ママ、ハンバーグのときは、いつもニンジンすってた……」

「だろ。でも、ひと口でこの味に気づくなんて、椎菜ちゃんもたいしたもんだ」

権蔵さんは、感心したようにあごをさすった。

それにしても、受けついだのが、自分のお母さんの味じゃなくて、どうしておとなりの定食屋の味なんだろう？

ふしぎに思いながら、となりを見ると、

「わたしゃ、家じゃほとんどごはんってものをつくんないからね。長年、この店がうちの茶の間みたいなもんなんだよ。美樹《みき》もここのごはんで、おっきくなったようなもんなのさ」

ナンシーは、椎菜《しいな》の顔も見ずに、さらっといって、みそ汁をすすった。

へー、そうだったんだ。

ママは、シングルマザーで仕事もいそがしいのに、いつも手づくりにこだわって、毎朝毎晩《まいばん》ごはんをつくってくれていた。それなのに、ママのお母さんが、ごはんをつくらない人だったなんて、すごく意外だ。

こういうの、なんていうんだっけ？

そうそう、反面教師。まねしたくないお手本のことだ。ママにとってナンシーは、いちばん近くにいていちばんまねしたくない、まさに反面教師だったのかもしれないな、と椎菜は思った。

新しいお客さんが入ってきて、店はにぎやかになった。ナンシーとも知り合いらしく、世間話がはずんでいる。

ハンバーグ定食をあっという間に平らげた椎菜は、リュックサックから自由帳を取り出して、今日の収穫《しゅうかく》を読み返してみることにした。

ゆれるカーテン、窓《まど》に映った髪《かみ》の長い女の影《かげ》、火の玉のような光、女の泣き声。目《もく》撃証言《げきしょうげん》の内容は、関川《せきかわ》さんから聞いたうわさ話とほぼ同じだ。

目撃情報は、だいたいが夜の十時から十一時……。あれ？　中学生男子が聞いた、女の人の泣き声だけは、午前中か……。

日づけは、いちばん古くて今年の六月、新しいもので先週の土曜日……。

ん？　もしかして。

椎菜は、カレンダーを求めて目をさまよわせた。

「あ、あった。すみません。ちょっとこれ、かります」

椎菜は、店のレジの横にかけてあった、酒屋の名入りのカレンダーを手に取った。

「六月の最後の日は、えっと、土曜日で、お盆《ぼん》の最後の日も、あ、やっぱり土曜日。ってことは、昼間の泣き声以外は、ぜんぶ土曜日の夜？」

「ひとりで、なにをぶつぶついってんだい」

考えこんでいる椎菜の背中《せなか》に、ナンシーが声をかける。

「うーん、今のところ、幽霊《ゆうれい》の目撃情報は、土曜日の夜の十時から十一時の間に集中しているの」

「へぇ。まあ、でも、みんな土曜の夜は夜ふかしできるから、起きている人が多かったんじゃないかい。それに中学生が泣き声を聞いたのは、たしか学校さぼってたんだから、昼間だろ」

「まあ、そうだけど。でも、幽霊《ゆうれい》も土曜なら夜ふかしできるから、都合がよくて、いつも土曜日に来てたのかもしれないし……」

「幽霊も勤《つと》め人かい？」

「それか、学生……」

「ふーん」ナンシーが腕組《うでぐ》みをする。椎菜《しいな》はポンと手をうった。

「ね、あさっては、ちょうど土曜日だしさ、さっそくあの屋敷《やしき》で張りこみしてみようよ」

「えー、だってさ、なんか出たらどうするんだよ」

ナンシーが口をとがらせる。

「なにが出るかをたしかめるのが、わたしたちの仕事でしょ」

「そりゃ、そうだけどさぁ。でも二度もしのびこんで、呪《のろ》われたりしたらやだし」

「ほかに、いい方法あるの？」

椎菜がたたみかけるようにいうと、

「わかったよ。張りこみますよ。張りこめばいいんだろ。でも、なんかこわいもんが出たら、ソッコーで逃《に》げるからね」

ナンシーが横目で椎菜をにらみ、椎菜は満足顔で大きくうなずいた。

「まったく、パリに行くのはこわいくせに幽霊屋敷に行きたがるなんて。どうなってんだい」

いわれてみたら、そのとおりだけれど、そのあたりの心理は、自分でもよくわからない。

「なんだい。出るとか、出ないとか」

お客さんを見送った権蔵《ごんぞう》さんが、ナンシーと椎菜の顔を見比べる。

「いやいや、こっちの話。それよりさ、椎菜は明日《あした》から新しい学校に行くんだからさ、ちゃんとがんばりな。あんたはそっちが本業なんだからね」

「はーい」

椎菜はペロッと舌《した》を出した。

店の外に出ると、昼間はシャッターを下ろしていたスナックに灯《あか》りがともり、やきとり屋に赤ちょうちんがぶら下がり、電飾《でんしょく》のアーチもチカチカとまたたいている。電球がところどころ切れているのはいただけないけれど、それでも昼間よりはだいぶ華《はな》やかに見えた。

ナンシーと椎菜《しいな》は、商店街のつきあたりにある昭和レトロな銭湯《せんとう》『おでん湯』で温まり、それからやっと事務所《じむしょ》に帰ってきた。

「とにかく今日は、明日《あした》のしたくだけしたら、さっさと寝《ね》な」

というナンシーの声に押《お》されて部屋に入ると、椎菜は、先に送っておいた荷物《にもつ》から、ランドセルと明日着る服だけを取り出した。

椎菜の部屋は、事務所の二階《かい》に二間あるうちの西側の部屋で、ママが昔使っていたという古い和室だ。中にはママが使っていたベッドと机がそのままになっていて、ベッドには真新しい枕《まくら》とかけ布団《ぶとん》が用意されていた。

ベッドに入ろうとして、でもちょっと気になって、西側の窓《まど》を開けてみる。すると、窓の外は、となりのアパートの庭で、街灯に照らされた大きなイチョウの木がすぐ近くに見えて、土と草の匂《にお》いがした。

タワーマンションからのながめは、開放感があって晴ればれとした気持ちになれたけれど、こんなふうに、すぐ近くに草や木を感じられる暮《く》らしは、心が落ち着くような気がする。古いけれど、この家も町も、椎菜はなんだか気に入ってしまった。

そしてあのへんてこなおばあちゃんとも、うまくやっていける気がしていた。

翌朝《よくあさ》。椎菜は、おでん小学校の門の前に立ち、砂ぼこりがまい上がる広い校庭と、校舎《こうしゃ》に吸いこまれるように入っていく数えきれないランドセルの群れにすっかり圧《あっ》倒《とう》されていた。

前の学校は一学年に一クラスしかなくて、校舎は高いビルにかこまれてあまり陽がささず、校庭はコンクリートで、いつももっとひっそりしていた。

校門の前でぼんやりしていたら、目の前をダッシュで走り抜けていった男子につき飛ばされて、しりもちをついた。でも、そんな椎菜に気づく子どもは、だれもいない。

心細くて、前の学校が恋《こい》しくなって、いきなり心がしぼみそうになる。鼻の奥《おく》がつんとなって、泣きそうになるのをこらえてあわてて上をむいたら、白い雲の間を飛行機がスーッとぬけていくのが見えた。

ママは、もうフランスに着いたのかな。ママも今ごろは、まったく知らない土地で、言葉も通じなくて、たったひとりで心細く感じているのかな……。

椎菜《しいな》は下唇《したくちびる》をかむと、ゆっくりと立ち上がった。

そんなママに比べたら、わたしなんか日本語が通じるだけ、まだまだずっとましなんだから。

よし。

椎菜は、スカートについた砂をはたくと、校舎《こうしゃ》にむかって歩きはじめた。

担任《たんにん》の先生について五年一組の教室に入ると、椎菜は今まで生きてきたなかで、いちばんの勇気をふりしぼって、大きな声でいった。

「はじめまして、南原《なんばら》椎菜です。早くみんなと仲よくなりたいです。よろしくお願いします」

だけど、クラスメイトの反応は、いまいちだった。顔を上げると、あれ？　みんなが、なんとなく椎菜から目をそらしている気がする。

席に着くと、となりの席になった赤いメガネの女の子が、ぐっと顔を寄《よ》せて話しかけてきた。

「ねえ、六車《むぐるま》さんよりおしゃれな服、まずいかもしれないよ」

「え？」

なにがなんだか、さっぱりわからない。むぐるまさん？

「ファッションリーダーなの。だから、六車さんよりおしゃれな服を着ないのが、このクラスの暗黙《あんもく》のルールなのよ」

いきなりのルール説明におどろきながら、椎菜は自分が着ている水色のワンピースを見下ろした。

「おしゃれって、これは……」

椎菜が着ている服は、全部ママがデザインした、ママの会社のブランドのものだ。だからただ同然でもらえるし、椎菜はママとちがってファッションにはほとんど興味がないので、生まれてこのかた、服を自分で選んで買ったこともないのだ。

このワンピース、そんなにおしゃれなのかな？

「六車花鈴《かりん》さんの家は、地元の名士で会社もいろいろやってて、お母さんはずっと

ＰＴＡ会長で、親たちもお世話になっているから、ご機嫌《きげん》をそこねるとまずいのよ」

「はあ……」

教室を見回すと、六車《むぐるま》さんはひと目でわかった。背《せ》がすらりと高くて、色が白くてすっとした顔立ちの美人で、まっ白なニットとデニムのミニスカートがよく似合《にあ》っている。

「でも、わたし、こういうのしか持ってなくて……」

来年まで着られるようにと、段《だん》ボールがはちきれるほどたくさんの服をママが送ってくれたというのに、新しい服を買ってほしいなんて、とてもいいだせない。

たくさんの友だちにかこまれている六車さんの視線《しせん》が、バチッと椎菜《しいな》をとらえたので、椎菜は思わず身をちぢめた。

おお、こわっ。

とりあえずなるべく地味な服を選んで、しばらくはおとなしくしていようと、椎菜は心に決めた。

三……幽霊《ゆうれい》の正体をつきとめろ

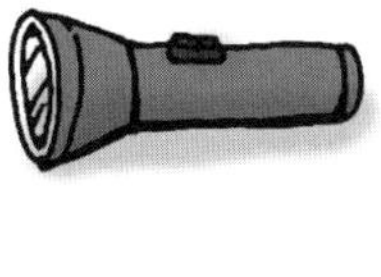

翌日《よくじつ》の土曜日。夜になると、椎菜とナンシーは、権蔵《ごんぞう》さんにつくってもらったおにぎりとハンバーグのお弁当をリュックサックにつめ、

「夜からピクニックかい？」

という、権蔵さんののんきな声に見送られて、おでん町銀座を出発した。

「本当にピクニックだったらいいのにねぇ」

ナンシーがなごりおしそうにおでん町銀座のアーチをふり返る。

「ふり返らない、ふり返らない」

椎菜は、ナンシーの背中《せなか》を押《お》すようにして駅前の通りに出た。

営業時間が終わった駅前の花屋の窓《まど》に、トレンチコート姿《すがた》のナンシーとこげ茶のハンチング帽《ぼう》をかぶった椎菜が映る。ハンチング帽は、ママが送ってくれた服の段ボールのなかに入っていたもので、ためしにかぶってみたらいい感じなので、すっかり気に入ってしまったのだ。

ナンシーは、「どんな職業もまずはファッションが大事」なんていっていたけれど、意外と本当かもしれない。

椎菜《しいな》は、窓《まど》に映った、なんとなく探偵《たんてい》っぽい自分の横顔をちらりと見て、気持ちがすっと引きしまるのを感じていた。

夜の屋敷《やしき》は、明るいバス通りのなかで、そこだけが黒い森のように、しんと静まりかえっていた。

ナンシーが、おとといと同じようにカギを使って門を開け、玄関《げんかん》のドアを開けて、屋敷のなかに入る。窓のない廊下《ろうか》は予想以上のまっくらやみで、いきなり足がすくんだ。

ナンシーが懐中《かいちゅう》電灯をつけると、ぼうっと廊下の形が浮《う》かび上がる。椎菜はホッとして、ふうっと息をついた。

「目撃《もくげき》情報があったのは、ほとんどが外から見える一階《かい》の南むきのリビングの窓だったね」

屋敷に入って、肝《きも》がすわったのか、ナンシーの声は、意外と落ち着いていた。

「うん。窓のカーテンがゆれたとか、女の人の影《かげ》が見えたとか、火の玉とか……」

答えながら、こんなところで本当にそんなものを見たら、さぞかしおそろしいだろうと思って、ゾクッとする。ナンシーが、リビングのドアを開け、懐中電灯で、部屋のなかをぐるりと照らした。

部屋はこのまえと変わらずに、ソファとテーブルがあり、ピアノがあり、暖炉《だんろ》があり、壁《かべ》には絵が飾られていた。カーテンのすきまから月あかりがさしこみ、ますます幻想的《げんそうてき》な雰囲気《ふんいき》だ。

「今、九時か。幽霊《ゆうれい》を見たって話は、だいたい夜十時から十一時が多いから、となりの部屋で待機するしかないね。なにか物音がしたら、様子を見にいくとしよう」

となりの和室に入ってリュックサックを下ろすと、ナンシーは、まず押入《おしい》れを開けた。

「高級そうな座布団《ざぶとん》がいっぱい入ってたろ。今日は冷えるしさ、せっかくだから使わせてもらおうよ」

よっこらしょ。ナンシーが鶴《つる》の織り柄《がら》のある大きな座布団を二枚《まい》取り出して、それを椎菜《しいな》が受け取る。そのとき、椎菜は、押入《おしい》れの壁《かべ》と布団《ふとん》の間に、黒っぽい箱のようなものがねじこまれていることに気がついた。

「ん？　これなんだろう」

懐中《かいちゅう》電灯で照らしながら引っぱり出すと、それはCDデッキだった。CDしか再生できない安物で、なんの絵柄《えがら》もないCDが一枚《まい》セットされている。

「前に住んでた人の忘《わす》れ物かね」

ナンシーはさっそく座布団《ざぶとん》に座わって、ゴロゴロしている。

「さすが高級品だね。ふかふかだよ」

椎菜はしばらくCDデッキをながめ回したあと、おそるおそる電源ボタンをオンにしてみた。すると、電池が入っていたらしく、緑のランプがつく。ほー。息をのんで、またおそるおそる再生ボタンを押してみると、今度は小さなスピーカーから、町のざわめきのような音が聞こえてきた。

「ん？　なにこれ」

いくら待っても、メロディも歌も始まらない。やがて町のざわめきに、電車が走る音が入り、発車のベルの音がひびきわたった。

「ずいぶん騒々《そうぞう》しい音だねぇ」

ナンシーはすでに、リュックサックからお弁当を取り出している。

「うーん。これ、駅の音かな？」

椎菜はＣＤデッキをにらんだまま耳をすませた。

「だろうね。それもかなり都会の駅だね」

ナンシーも動きを止めて、耳をすませる。

「少なくとも、おでん駅じゃないね。もっとずっと人の多い都会の駅って感じだよ」

ナンシーは、もう駅の音には興味がなくなったらしく、さっそくおにぎりにかじりついている。

それから駅のざわめきは五分ほど続き、やがて音がぷつっと切れて、終わってしまった。

「え、これで終わり？」

「世の中にはいろんな趣味《しゅみ》の人がいるからさ、これを聞いて、都会の気分を味わっていたのかもしれないねぇ」

ナンシーがもっともらしくいう。

わかったような、わからないような……。すっきりしないまま、ＣＤデッキを元の場所にしまうと、椎菜《しいな》も座布団《ざぶとん》に座ってお弁当を広げた。おにぎりもハンバーグも、まだほんのりと温かいのがうれしい。

「やっぱり、権《ごん》ちゃんのおにぎりは最高だねぇ」

鮭《しゃけ》のおにぎりを食べながら、ナンシーがしみじみうなずいている。

「うん、おいしいね」

塩鮭がごろっと入ったおにぎりも、やっぱりママの味に似《に》ている。そんなことを考えながら、お弁当を食べていたら……。

椎菜は、箸《はし》を持っていない方の手で、ゴシゴシと目をこすった。さっきから、目がかゆくて鼻がムズムズしている。

「さてと、そろそろ幽霊《ゆうれい》さんが、お出ましになる時間かね」

先にお弁当を食べ終えたナンシーが、大きく伸びをする。

ハ、ハ、ハックション！

とうとう、椎菜の鼻から、大きなくしゃみが出た。

「なんだい、椎菜、カゼかい？」

ハ、ハハックション！
答える代わりに、もう一度くしゃみが出る。

「う、うん。なんか、ちょっと目もかゆくて、ハックション！」

「そういや、わたしも鼻がムズムズするような気がするねぇ。なんだろ、この部屋、ほこりのせいかねぇ……ハ、ハックション！」

ナンシーが、派手《はで》なくしゃみをした。

「やだね、わたしもカゼかねぇ」

なんだか猫《ねこ》を飼っている友だちの家に遊びにいったときみたいな感じのムズムズ感……。まさか、どっかに猫がかくれているのかな。椎菜は思わず部屋のなかを見回した。

「あー、かゆい、かゆい」

ナンシーが、懐中《かいちゅう》電灯を持ったまま、ゴシゴシと目をこすりはじめた。その明かりが、ジグザグに椎菜を照らす。

「ひっ」ナンシーが体をのけぞらせた。

「え？」

「し、椎菜《しいな》、あんたの目、まっ赤だよ」

今度は椎菜が懐中《かいちゅう》電灯を借りて、ナンシーの顔を照らす。

「ナ、ナンシーの目も、まっ赤っか……」

椎菜とナンシーは、息をのんで顔を見合わせた。

「こ、こ、これって、もしかして……」

ナンシーが赤い目を見開く。

「まさか……」ぞぞーっと、背筋《せすじ》が冷たくなる。

「呪《のろ》い？」

ナンシーのつぶやきに、椎菜は、「ひっ」と悲鳴をあげた。

「と、と、とにかく、ここを出よう！」

あわてて弁当を片づけて座布団《ざぶとん》をしまうと、椎菜とナンシーは、転がるようにして、屋敷《やしき》の外に飛び出した。その間もふたりのくしゃみが止まらない。

「とにかく、今日は撤退《てったい》だ！」

そういってナンシーが玄関《げんかん》のカギを閉めたとき、裏口《うらぐち》の木戸がキーッと開く音が、椎菜の耳に届いた。

「だ、だれか、こっちに来る」

草をふみしめる足音が、ゆっくりとこちらに近づいてくる。

「……」

ナンシーの耳にも届いたらしく、ナンシーが椎菜を見る。こわさで逃《に》げ出したい気持ちをぐっとこらえて、椎菜はナンシーにうなずいてみせた。ここで逃げたら、探《たん》偵《てい》がすたる。

張りこみ、続行だ。

懐中電灯の明かりを消すと、椎菜とナンシーは、屋敷の壁《かべ》づたいに移動し、玄関が見えるあたりで身をひそめた。

やがて、玄関の前に、女のシルエットがあらわれた。

「で、出た……」

ナンシーが押《お》し殺した声をもらす。椎菜は、息をつめて月あかりに照らされた女の姿《すがた》を観察した。

紺《こん》のセーターに青いチェックのミニスカート。髪《かみ》が長いせいか大人びて見えるけれど、横顔は意外に幼《おさな》い。もしかしたら、まだ中学生くらいかもしれない。

「子ども？」

ナンシーが拍子《ひょうし》ぬけした声を出す。

「うん。中学生くらいかも」

相手が女の子だとわかって、椎菜《しいな》も少し落ち着いた。外に出たせいか、ふたりとも、目のかゆみや鼻のムズムズがだいぶおさまっていた。

女の子はカギを使って玄関《げんかん》を開けると、吸いこまれるように屋敷《やしき》のなかに入っていく。

まもなく、一階《かい》のリビングの窓《まど》に小さな明かりがゆらめいた。女の子が懐中《かいちゅう》電灯で照らしているのだろう。

「ふむ、これが火の玉の正体だね」

とナンシーがいう。

たしかに、遠くから見たら、このぼんやりと動く明かりは、火の玉に見えるかもしれない。

椎菜とナンシーは、窓にぴったり近づくと、カーテンのすき間から、部屋のなかをのぞきみた。

女の子は、あのほこりがついていなかったひとり用ソファに座っていた。テーブルの上には赤い水筒《すいとう》が置かれていて、かすかに湯気がたっている。カップの形をしたふたは、女の子の手のなかにあり、そこからも白い湯気が立っていた。そして、女の子は、壁《かべ》に掛《か》けられた絵を、ただぼんやりとながめていた。

「お茶を飲みながら、絵をながめている……」椎菜がつぶやく。

「ほー。どうだい、わたしの推理《すいり》のとおりだろ」

ナンシーが闇《やみ》のなかで得意げに胸《むね》を張る。

でも、なんで、ここでお茶を飲みながら、絵を見ているんだろ……。

そんなことを考えていたら、ムズムズがいきなり復活してきた。どうしよう、ここで、くしゃみは、かなりまずい。けど、やっぱり……。

ハ、ハ、ハ、ハックション！

大きなくしゃみとともに、椎菜の頭からハンチング帽《ぼう》がずり落ちた。

「だれ？」

部屋のなかの女の子が、ハッとしたように立ち上がった。

ナンシー、椎菜《しいな》、女の子の三人は、屋敷《やしき》からほど近いファミレスにいた。

ナンシーはコーヒー、女の子はアイスティー、椎菜はいちごパフェを注文したかったけれど、ぐっとこらえ、探偵《たんてい》らしく（？）レモンティーにした。

女の子は、屋敷で会ったときからほとんど口を開かず、今もうつむいたきりだ。

「わたしたちは、やとわれた探偵でね。あんたをどうこうする権利はないんだよ。ただ、あの屋敷に幽霊《ゆうれい》が出るってうわさになっててさ、不動産屋がこまっててね。なんであそこにしのびこんでいたのか、正直に話してくれれば、親だの学校だのにいいつけたりして、さわぐつもりはまったくないんだよ」

もう十一時近いというのに、ファミレスは意外と混雑《こんざつ》していた。高校生や大学生のグループ、ひとりでビールを飲んでいるサラリーマン、若いカップルやベビーカー連れの家族もいる。いつもならとっくに寝《ね》ているはずの椎菜は、目をこすりながら、ウエイトレスが運んできたレモンティーに口をつけ、すっぱさにびっくりして、思わず口をすぼめた。

そんな椎菜を見て、女の子がはじめてクスッと笑《わら》った。それから、やっと決心したように、ゆっくりと口を開いた。

「わたしの名前は……東條《とうじょう》美汐《みしお》といいます」

ん？　東條って、どこかで聞いたような。椎菜はあわててリュックサックから自由帳を取り出して、前のほうのページを開いてみた。たしか、あの屋敷に前に住んでいた家族の苗字《みょうじ》が……。

「東條、ってことは、あの屋敷の？」

椎菜より先に気づいたナンシーがいった。

「……はい。三年前まで、あの家に、家族で住んでいました」

女の子は、賢《かしこ》そうな一文字の眉毛《まゆげ》をきりっとさせて、正面をむいた。

「そういうことか……」

ナンシーがつぶやく。

「わたしたち、本当に、幸せな家族だったんです」

それから、女の子はゆっくりと話を始めた。

「三年前のあの日、お父さんがとつぜん、持病の発作で亡くなってしまったんです。それからは、すべてが坂を転がり落ちるみたいでした。会社もあっという間に倒産して、あの家も家財道具も全部、抵当《ていとう》に入っているっていわれて、家から追い出されてしまいました。通っていた私立の小学校も退学しなくちゃならなくなって、一時は明日《あした》食べるお米にもこまるほどでした。何度も悪い夢なんだと思いました。でも、ぜんぜん覚めなくて……。お母さんは、もともとお嬢《じょう》さん育ちで、仕事なんてしたことないのに、パートに出なくちゃならなくなって。わたしたちも公立の学校に転校することになって……。今は、お母さんと妹と三人で、となり町の小さなアパートで暮《く》らしています。お母さんがパートをかけ持ちして働いてくれて、なんとかやっています。家族三人でいっしょに暮らせるだけでも幸せなことだと、わかっているんだけど」

美汐《みしお》さんはふっと言葉を切ると、遠くを見るように、窓《まど》の外に視線《しせん》を移した。椎《しい》菜《な》の頭に、あの屋敷《やしき》の二階《かい》で見た、ピンクの壁《かべ》の子ども部屋の様子が思い浮《う》かんだ。美汐さんの頭にも、きっとあの部屋の景色《けしき》が思い浮かんでいるんだろうと、椎菜は思った。

「もう二度と、あの屋敷で暮らすような優雅《ゆうが》な生活に、もどれないのはわかっているんです」

美汐さんは視線をもどすと、アイスティーをひと口だけ飲んだ。

「でも、お父さんが生きていたころの、毎日笑《わら》いがたえなくて、お母さんもいつもおしゃれしていた、そんな暮らしがなつかしくて。まだあの家のカギを持っていたから、今年の六月くらいに、裏《うら》の木戸を開けて入って、玄関《げんかん》のカギを開けたら、びっくりするくらいかんたんに入れちゃって。土曜日の夜は、お母さんが缶詰《かんづめ》工場で明け方まで働いていていないから、それから土曜日のたびに、妹が寝《ね》たあとに、こっそりしのびこむようになって……」

今年の六月あたりから、土曜日の夜ばかりにあった、火の玉や髪《かみ》の長い幽霊《ゆうれい》の目《もく》撃《げき》情報も、これでだいたい説明がつきそうだ。

「いつも、あの絵を見ていたんです」

美汐さんの表情が、少しだけやわらかくなった。

「なにか思い入れのある絵だったのかい？」

ナンシーの問いに、美汐さんがうなずいた。

「はい。わたしが小学生のころ、家族でヨーロッパ旅行をしたんです。そのとき、お父さんとふたりで朝市をぶらぶら見て回っているときに、買ったんです。お父さんもわたしも、あの絵にひと目ぼれしちゃって。だれが描いた絵なのかもわからない、人も動物もいない森の絵なんだけど、とても気に入って……あの絵をぼんやり見ているだけで、いやなことがあっても、心がすっと落ち着くんです。六月に、久しぶりに見たときに、やっぱりこの絵が好きだなって。どんなにつらくても、またがんばろうっていう気持ちになれたんです。お父さんにはげましてもらえたような気がして」

「そういうことだったのかい」

ナンシーは、すべて理解したというように、しみじみとうなずいた。

「迷惑《めいわく》をかけてすみませんでした。幽霊屋敷《ゆうれいやしき》なんていううわさが出ているの、ぜんぜん知らなくて。もう二度と、あの家には入りません。カギも返します」

美汐《みしお》さんはポケットから鈴のついたカギを取り出すと、テーブルに置いた。

「ありがとう。こんなに素直《すなお》にあやまってくれたんだ。ここはナンシーが穏便《おんびん》にすませるよ」

ナンシーがパンと胸《むね》をたたくと、美汐さんはホッとしたような笑顔《えがお》を見せた。

「ところで、あんたあの屋敷で、目がかゆくなったり、くしゃみが出たりしたことはなかったかい」

コーヒーを飲んでいたナンシーが、思い出したように顔を上げた。美汐さんは、眉《まゆ》を寄《よ》せるとふしぎそうに首をふる。

「あの、じゃあ、都会の駅の音を聞くのが趣味《しゅみ》とかは？」

椎菜《しいな》の質問に、美汐さんはもっとふしぎそうな顔で、大きく首をふった。


美汐さんをアパートまで送っていき、深夜になってやっとベッドにもぐったその翌日《よくじつ》。昼近くまで寝《ね》ていたナンシーと椎菜は、午後から関川《せきかわ》不動産に顔を出した。

「このナンシーが、ばっちり幽霊と直談判《じかだんぱん》で話つけてきたからさ。このとおりカギも返してもらったしね。もう幽霊は出ないよ。安心しな」

ナンシーが、鈴のついたカギをテーブルに置くと、関川さんは、ギョロ目をぱちくりして、カギをつまみ上げた。

「幽霊と直談判？」

それからナンシーは、依頼《いらい》があってから三日間の調査《ちょうさ》のてんまつを関川さんに話して聞かせた。

「そういうことだったのか。いや、お見事お見事。呪《のろ》いがかかってるなんてうわさのある屋敷《やしき》に、よく張りこんでくれたよ。しかも、たったの三日で解決するなんて、さすが名探偵《めいたんてい》だね」

関川《せきかわ》さんは、しきりに感心している。

「まあ、ナンシー探偵事務所《じむしょ》なら、これくらいがスタンダードだけどねぇ」

ナンシーは、すました顔で白髪《しらが》まじりのおかっぱ頭をなでつけた。つい三日前まで、探偵をやめてあんみつ屋になるなんてさわいでいた人とは思えない変ぼうぶりだ。この調子なら、しばらくは探偵を続けてくれそうだと思って、椎菜《しいな》はホッとしていた。

「いや、今ね、あの屋敷っていうか、土地に興味を持ってくれている会社があってさ。場所がいいから、屋敷を取りこわして自社ビルを建てたいっていってるんだけど、やっぱり幽霊《ゆうれい》が出るって聞いて、二の足をふんでてね。でも、これできれいさっぱり解決。子どもがやったことだし、カギも返してくれたしさ。もうこれ以上、ことを荒立てるつもりはないよ」

上機嫌《じょうきげん》の関川さんに見送られて、ナンシーと椎菜は、さっそうとした足取りで関川不動産をあとにした。

　それから数日が過ぎた。学校では、最初の日に話しかけてきた、となりの席の沙《さ》奈《な》と話す程度で、友だちらしい友だちもできないでいる。

　はじめのうちこそ、なるべく地味な服を選んでいたけれど、毎日同じような格好《かっこう》になるので、このごろはあんまり考えないで、段《だん》ボールから適当《てきとう》に選ぶようになってしまった。

　そんな椎菜が気になるのか、六車《むぐるま》花鈴《かりん》とは、授業中や休み時間にちょこちょこ目が合ってしまう。イチゴ模様《もよう》のワンピースを着ていた日には、花鈴を取り巻く女子のひとりに、「調子に乗ってんじゃないわよ」とすれちがいざまにささやかれて、腰《こし》がぬけた。

　そんなわけで、学校は楽しいとはいえないけれど、いじめられないだけましだと思って、椎菜は通っていた。

　学校から帰ると、事務所のドアのあたりに、大きな風呂敷《ふろしき》包みがたてかけてあった。ナンシーは、トレンチコートを着て、出かける準備《じゅんび》をしている。

「あの屋敷《やしき》、やっぱり取りこわすことになったんだって。それでね、その買主が屋敷はもちろん、家具とか調度品にもまったく興味がなくて、全部こわして捨ててくれっていってるらしくてさ。それで関川《せきかわ》が気をきかせて、絵だけでも元の持ち主に返してあげられないかって頼《たの》んだら、OKが出たんだよ。それで、さっきわざわざ持ってきてくれたんだ。あの屋敷が売れたもんだから、もうご機嫌《きげん》でね。それで今から美汐《みしお》ちゃんとこに届けにいくけど、いっしょに行くかい？」

「うん！」

椎菜《しいな》は、美汐さんに絵をわたせることも、また会えることもうれしくて、大きくうなずいた。

ナンシーが風呂敷《ふろしき》包みを抱《かか》え、アパートの前でタクシーをおりる。二階《かい》のいちばん奥《おく》の美汐さんの部屋を見上げると、ちょうどドアが開き、中からふたり連れの男たちが出てくるところだった。

「あれ、美汐さんの部屋だよね」

「うん。なんだろうね、あの男たち」

ナンシーが眉《まゆ》をひそめた。

そのふたりの男たちと、アパートの外階段ですれちがった。どちらも年齢《ねんれい》は三十歳《さい》くらいで、ジーパンにジャンパーをひっかけたようなラフな服装をしている。ひとりはひょろりと背《せ》が高く、切れ長の目元と細いあごが印象に残る。もうひとりは、反対に背が低く、ずんぐりとした体格で、顔も目もまるっこい童顔だ。ふたりとも手ぶらで、宅配便にもセールスマンにも見えなかった。
ハ、ハ、ハハ、ハックション！
ふたりの背中を見送りながら、椎菜は、急に鼻がむずがゆくなって、大きなくしゃみをした。

「椎菜、カゼかい？」いいながらナンシーも、
ハックション！

あとを追うようにくしゃみ。うーん、なんかこんな場面が、ついこのまえにもあったような……？

「あれ、わたしもカゼひいたかな？」

ナンシーはポケットティッシュを出して、チーンと鼻をかんだ。

「それにしても、あのふたり、なんだろうね。なんか感じの悪い男たちだね」

ナンシーは、鼻をふきながら顔をしかめた。

部屋をノックすると、美汐《みしお》さんが顔を出した。電話で事情を話してあったので、すぐ部屋に通してくれる。妹の夕海《ゆうみ》ちゃんは、椎菜《しいな》の三つ下の小学二年生で、美汐さんによく似《に》た、かわいらしい女の子だった。

「迷惑《めいわく》かけたのに、こんなことまでしてもらって、ありがとうございます」

美汐さんは、ナンシーと椎菜のために紅茶《こうちゃ》をいれてくれた。部屋のなかは、古くはあっても、夕海ちゃんが描いたらしい絵や折《お》り紙が飾られて、明るく整えられている。棚《たな》の上にはお父さんらしい人の写真があった。

美汐さんはナンシーから受け取った風呂敷《ふろしき》をとくと、うれしそうに顔をほころばせた。

「きれいな絵だね」

夕海ちゃんが絵をのぞきこむ。

「うん。お父さんとの思い出の絵なのよ」

それから美汐さんと夕海ちゃんは、お父さんの写真のとなりに、絵をたてかけて手を合わせた。

「そういえば、さっきここから出ていった男がふたりいたけど、あれは何者かい？」

ナンシーが紅茶を飲みながら、思い出したように美汐さんの背《せ》に声をかけた。

「あ、あの人たちは、父の会社の元社員なんです。たまにその、心配して様子を見にきてくれたり……」

いいながら、美汐さんがふり返ると、

「お姉ちゃん、カレーが煮《に》えてるよ」

夕海ちゃんが、ハッとしたように立ち上がった。

「あ、そうだ、すっかり忘《わす》れてた」

美汐さんはあわててコンロにかけよって、鍋《なべ》のふたを開けた。たちまち、カレーのいい匂《にお》いが部屋のなかに広がった。

「あの、今、夕海といっしょに、夕飯のカレーをつくっているんですけど、いっぱいつくったから、よかったらいっしょにどうですか。お母さんは帰り遅《おそ》いし、いつもふたりでちょっとさびしいんです」

ナンシーと椎菜は顔を見合わせた。

「うちもさびしいふたり暮《ぐ》らしでね。お言葉に甘《あま》えさせていただこうか」

それから、小さなテーブルをかこんで、四人でにぎやかにカレーを食べた。

美汐《みしお》さんのカレーは、甘口にハチミツをたした超甘口で、にんじんもじゃがいももよく煮《に》えていて、とってもおいしかった。ひとりっ子の椎菜《しいな》は、お姉ちゃんと妹がいっぺんにできたようで、うれしかった。

いろいろな話をした。美汐さんは中学校のことをあれこれ教えてくれたし、椎菜は、ママがフランスに留学して、ひとりでおでん町にやってきたことを話した。転校してなかなか友だちができないことを話したら、美汐さんも同じような経験《けいけん》があると教えてくれた。

「ちょっとだけ勇気をもって、自分から話しかけてみたらいいよ。相手にしてくれない子もいるけど、けっこう仲よくなれることもあるよ。わたしもね、私立から転校して、友だちができなくてずっとなやんでいたんだけど、毎日あまりにもつまらないからさ、自分から話しかけてみたら、何人か友だちができて、今では親友だよ。あせらなくてもだいじょうぶ。少しずつ、やってみたらいいよ」

美汐さんの話を聞いたら、少し心が軽くなった。

帰りのタクシーのなかで、椎菜は、おなかも心も満タンで、幸せな気分だった。

「探偵《たんてい》っていいね。こまっている人を助けて、喜んでもらえるんだもん。やっぱりすごくいい仕事だよ」

「まあ、いつもあんなにかわいい子が犯人《はんにん》だといいんだけどねぇ」

窓《まど》の外を流れる町の景色《けしき》を見送りながら、ナンシーがつぶやいた。

「それにしても、あのふたりの元社員、気になるねぇ」

四……本物の呪《のろ》いが始まった？

雨がふったりやんだりの、すっきりしない天気が続いていた。

「しかし、あれっきり仕事もないし。やっぱり、ラーメン屋でも始めようかねぇ」

事務所《じむしょ》のカウンターでコーヒーをいれていたナンシーが、退屈《たいくつ》そうにぐるりと首を回す。

幽霊屋敷《ゆうれいやしき》のなぞを解決した自信と興奮《こうふん》はどこへやら。ひまな日が続き、ナンシーはまた新しい仕事を始めたい病にとりつかれているらしい。

「ラーメン屋なんかやったら、トントンさんと商売がたきになっちゃうじゃん」

椎菜《しいな》は、宿題の漢字練習をせっせと進めながら、顔も上げずにいう。

「あっちは豚骨《とんこつ》だからさ、うちは昔ながらの醤油味《しょうゆあじ》で勝負しようかと思うんだよ」

ナンシーが大まじめにいい、椎菜は「ふむふむ」と、まったく気持ちのこもらな

い返事をした。

「こんにちは」

チロリン、とドアの鈴の音がひびいた。

ドアを押《お》し開けて入ってきたのは、制服《せいふく》の若い警察官《けいさつかん》だった。

「もしや事件《じけん》？」とナンシーも椎菜も、思わず身がまえる。

「近ごろ、このあたりでオレオレ詐欺《さぎ》の被害が増えているんですー。このポスター、はってもらえますかあ？」

のんびりした警察官の声にナンシーが軽くつんのめり、ドアの近くにいた椎菜がポスターを受け取る。ナンシーは、「はいはい」と適当《てきとう》にうけ合い、警察官は敬礼《けいれい》をして出ていった。

「このあたりで多いなら、今度はオレオレ詐欺の犯人《はんにん》、捕《つか》まえようよ。みんなに喜んでもらえることまちがいなしだよ」

いいながら、椎菜は手元のポスターを広げてみた。

若い男が電話をかけ、おばあさんがおろおろしているイラストの横に「交通事故《じこ》を起こした」「会社のお金をなくした」は、オレオレ詐欺の手口！　と大きく書かれている。男の目が、お金のマークになっているのがおもしろかった。

「頼《たの》まれもしないことやっても、だれもお金を払《はら》ってくれないんだよ。それにそんな警察《けいさつ》が捕《つか》まえられないようなもん、どうやって捕まえるんだい」

ナンシーはまったくやる気がない様子で、コーヒーをカップにそそぐ。そのとき、椎菜《しいな》の後ろで、チロリン、またドアの鈴の音がひびいた。

今度は、「こんにちは」のあいさつはなかった。

「た、た、たいへんなことになった。呪《のろ》い、呪い、呪いだよ。本物の呪いが、始まったんだよ！」

ギョロ目をむいて事務所《じむしょ》に飛びこんできたのは、不動産屋の関川《せきかわ》さんだった。

「なんだい、やぶからぼうに」

ナンシーが不機嫌《ふきげん》な声を出す。

「あの屋敷《やしき》、おとといから取りこわし作業が始まったんだけどさ、その初日に解体業の作業員が苦しみはじめて、そのあと心臓発作で亡くなったらしいんだ。それだけならまだしも、翌日《よくじつ》にもまったく同じ苦しみ方で、もうひとり死んじまったっていうんだよ」

椎菜はポスターを手から落とし、ナンシーは飲んでいたコーヒーを吹き出した。

「どういうことだい？」

ナンシーが身をのり出す。

「おれもよくわからないんだけどさ。さっき、屋敷を買った会社の社長が解体作業ができなくなったって、どなりこんできたんだよ。それで、解体やってる六車《むぐるま》建設に電話で聞いたらさ、ふたりも亡くなった話を教えてくれたんだけど、六車建設もすっかりびびっちゃって、もうぜったい作業はやらないっていうしさ。まったく、どうすりゃいいんだか。ナンシーが幽霊《ゆうれい》はもう出ないなんていうからすっかり信用しちゃったけど、どういうことだよ」

カウンターにかかったコーヒーをふいていたナンシーが、手を止めた。

「ちょっと待っとくれよ。こっちはちゃんと、幽霊の正体をつかんでカギまで返してもらったんだ。いいがかりはこまるよ。その本物の呪いとやらは、また別の話だろ？」

ここはゆずれないとばかりに、ナンシーがぴしゃりという。となりで椎菜も大きく相づちを打った。

「う、まあ、そういわれりゃ、そうなんだけどさ」

女ふたりににらまれて、関川《せきかわ》さんが肩《かた》をちぢめた。

「だからさ、その、ナンシーも椎菜《しいな》ちゃんも、あの屋敷《やしき》に二回も入ったんだろ？　どっか具合が悪いとかないのかい？」

関川さんがいいわけのようにしどろもどろにいい、椎菜とナンシーは、自分の体が今もちゃんとそこにあることを確認《かくにん》するように、思わず体を見下ろした。

「う、うん。今のところ、だいじょうぶみたいだけど」

ナンシーは、手をグーパーしたり、足をふみならしたりしている。椎菜は、あの屋敷で目がかゆくなったことを思い出した。

「あの、そのふたりが苦しんだって、目が赤くなったり、くしゃみが出たりしたんじゃないですか」

「なにか思いあたることでもあるのかい？」

関川さんが椎菜に顔をむけた。

「わたしたちが二回目に屋敷に入ったとき、わたしもナンシーも、目がかゆくなってくしゃみが止まらなくなったんです。でも、屋敷の外に出たら、すぐにおさまっちゃったけど……」

関川さんは、ふーんとうなった。

「今回はそういう話は聞いてないな。ふたりとも胸《むね》をおさえて苦しがったらしいし、心臓発作で亡くなったらしいよ」

どうやらナンシーと椎菜の目のかゆみやくしゃみは、呪《のろ》いとは関係ないらしい。

「でも呪いがかかっているのは、まちがいないよ。ふたりも死んじまうなんてさ。あー、どうしよう、どうすりゃいいんだ」

関川さんは、なんだかんだといいながら、コーヒーを一杯《ぱい》飲むと、「こまった、こまった」を連発して帰っていった。

関川さんの背中《せなか》を見送ると、ナンシーはてのひらで両腕《りょううで》を抱《だ》くようにして、ぶるっと身ぶるいをした。

「そういや、あの屋敷の裏《うら》のアパートの女の人も、呪いがかかっているから入らないほうがいいって、忠告《ちゅうこく》してくれたんだよね。わたしたちも関川も、みんな、その呪いとやらを甘《あま》くみてたのかもしれないねぇ。わたしはともかく、椎菜になにかあったら、美樹《みき》に申しわけがたたないよ」

ナンシーは、肩《かた》を落として、すっかりしょげかえっていた。

「でも、ナンシーがいったとおり、幽霊《ゆうれい》の正体をつかんでカギまで返してもらったんだし……」

「たしかにそうはいったけどさ、なんだか後味が悪いよ。わたしらが、幽霊騒動《そうどう》はすっかり解決したっていったせいで、ふたりもの作業員が亡くなったのかもしれないしさ……。わたしたち、まだなにか見落としていたことがあるのかもしれないね」

事件《じけん》をすんなり解決して、関川《せきかわ》さんにも美汐《みしお》さんにも喜ばれて、いい気になっていたのに、そんな晴れやかな気持ちがみるみるしぼんでいく。

探偵《たんてい》って、やっぱり、そんなにかんたんなものじゃなかったのかもしれない……。

「あー、やだやだ。もう探偵は廃業《はいぎょう》だよ。次はあんみつ屋でもやろうよ。甘《あま》いものがいいよ。人が幸せになる仕事がいいよ」

ナンシーは早々に事務所《じむしょ》のシャッターを下ろすと、カーディガンを肩にかけて二階《かい》に引っこんでしまった。

「ナンシー……」

ひとり事務所に残されて、椎菜《しいな》は大きなため息をついた。このままじゃ、本当にあんみつ屋になってしまいそうだ。いったいどうしたらいいんだろう。

まだなにか見落としていたことがあるのかね……。ナンシーのつぶやきが、耳にこだまする。

ふたりもの作業員が亡くなったなんて、いったいあの屋敷《やしき》で、なにが起こったというんだろう？

椎菜は、ランドセルから自由帳を取り出して、前のページをめくってみた。

たしかに、小さな疑問はまだ残っていた。

たとえば、屋敷のとなりの公園で、昼間に中学生が聞いたという女の人の泣き声。

それから、屋敷の和室の押入《おしい》れにあった、駅のざわめきを録音したCD。ナンシーと椎菜の目が赤くなってくしゃみが止まらなくなったこと。本物の呪《のろ》いがかかっているという、社長の不可解《ふかかい》な遺言《ゆいごん》。

どの疑問もまだ解かれていないのに、この事件がこのままうやむやになってしまったら、ナンシーは本当に探偵をやめてしまうだろう。

椎菜は、人が呪いで死ぬなんてことを、信じる気持ちにはなれなかった。

この事件には、きっとなにか裏《うら》があるはずだ。

椎菜《しいな》は、ポットにコーヒーが残っているのを見つけると、冷蔵庫から牛乳を取り出した。いつもなら、ナンシーがコーヒーをいれたついでに、コーヒー牛乳をつくってくれるのだけれど、今日は自分でつくるしかなさそうだ。

椎菜は、コーヒーに牛乳を加え、氷を入れて、マドラーでかき混ぜながら、いっしょに頭をめぐらせた。

そのふたりの作業員が亡くなったときの現場《げんば》を見た人に、直接話を聞けるといいんだけど……。ん？　そういえば。関川《せきかわ》さん、解体作業をした会社のこと、六車《むぐるま》建設っていってたような……。それって、もしかして。

椎菜は、転入した初日に、となりの席の沙奈《さな》が、六車さんの家は、地元の名士でいろいろな会社をやっているっていっていたことを思い出した。どこにでもある苗字《みょうじ》じゃないし、六車花鈴《かりん》の家の会社の可能性が高そうだ。

椎菜は、できたてのコーヒー牛乳に口をつけた。冷たいコーヒー牛乳は、ナンシーがつくるよりも、ぐっと濃《こ》くて、ほろ苦い。

うーん。わたしから、あの子に話しかけるのか……。考えただけで、おなかが痛くなりそうだ。幽霊屋敷《ゆうれいやしき》の張りこみは平気でも、椎菜はこういうことが、どうにも苦手なのだ。でも、今回は苦手なんていってる場合じゃない。このおでん町で探偵《たんてい》を続けられるかどうかの瀬戸際《せとぎわ》なのだ。

当たって砕《くだ》けろだ。

椎菜は覚悟《かくご》を決めると、コーヒー牛乳をぐいっと飲みほした。

翌日《よくじつ》は、いつもより派手《はで》めの服で登校した。

案の定《あんのじょう》、朝から六車花鈴が、いつも以上にチラチラとこちらを見てくる。昨日《きのう》までの椎菜なら、あわてて目をそらせていたはずだけど、今日はその目を正面から見返した。

六車花鈴と椎菜の目が、バチッと合う。椎菜は息を吸いこむと、花鈴にむかって歩きはじめた。花鈴のまわりの取り巻きの女子たちが、あ然とした様子であとずさりする。花鈴の席の前に、道ができた。

「あ、あの、六車さん。今日ちょっと、話があるんだけど」

少しうわずった声で椎菜がいうと、花鈴は目をパチパチさせて、椎菜を見上げた。

「ちょうどよかった。わたしも椎菜さんに聞きたいことがあったの。休み時間に図書室に行かない？」

意外にも、とげのない返事がかえってくる。

「わ、わかった。じゃあ休み時間に」

ふー。自分の席にもどると、椎菜《しいな》は腰《こし》がぬけてへたりこんでしまった。

それにしても、わたしに話って、なんだろう……。

休み時間の図書室。すみのテーブル席に、椎菜とむき合って座った花鈴《かりん》は、もう待ちきれないとばかりに口を開いた。

「ね、ね、椎菜さんのそういう服、いつもどこで買ってるの？」

「え、こ、これは、その、買ったんじゃなくて、もらったものなんだけど」

やっぱり花鈴が聞きたいのは、ファッションのことらしい。

「もらった？」

花鈴がぐっと眉《まゆ》を寄《よ》せたので、椎菜は思わず首をすくめた。

「え、その、だからわたしが着ているのは、ママの会社でやっているブランドの服なの。ママがデザインしてて、それでそのサンプルとか、そういうのばっかりで」

椎菜がいいわけのようにしどろもどろにいうと、花鈴がパッと目を見開いた。

「椎菜さんのママって、デザイナーなの？」

「う、うん。たしか、なんだっけ、すごく甘《あま》そうな、えっと、キャラメルチョコ、じゃなくて、ミルクキャラメル……」

「え、もしかして、キャラメルミルク？」

「あ、そう、それ！」

「え、マジで、キャラミル！」

花鈴が高い声を出し、司書の先生が軽くせきばらいをする。花鈴はあわてて手を口にあてて、声をひそめた。

「青山と銀座でしか買えないあのキャラミルでしょ？　ね、どうしてキャラミルのデザイナーの子どもが、おでん町になんか転校してきたのよ」

花鈴がテーブルに身をのり出す。

「あ、だから、えっとママは、パリに留学しちゃって、わたしは今、おばあちゃんちで暮《く》らしているの」

花鈴が身をのり出した分、椎菜は体をのけぞらせるようにして答えた。

「パリに留学。素敵《すてき》、素敵、素敵すぎる。ね、椎菜さんの家には、そのキャラミルの服がいっぱいあるの？　ね、ね、ね、見せて、遊びにいってもいい？」

ママが手がけていた子ども服のブランドが有名なのは、なんとなく知っていたけれど、こんなに感激《かんげき》されたのははじめてだ。ママって、すごいんだなと、ちょっとほこらしく思いながら、椎菜《しいな》は思わず口ごもった。

「うん、いいけど……。うち、おでん町銀座だよ」

「え、あのおでん町銀座に住んでるの？」

花鈴《かりん》がおどろいたようにまばたきをする。そうだよね、いくらなんでも昭和すぎるよね……。椎菜が口を開きかけると、

「いいなー。わたしあの商店街のレトロな感じ大好きなの。あんまり行く機会がないし、ちょっと入りづらくてなかなか行けなかったんだけど、あそこに住んでいるなんてカッコいい」

「え、カッコいい？」

花鈴は胸《むね》の前で手を組み、うっとりとした目を天井《てんじょう》にむけた。

ファッションリーダーだとか、六車《むぐるま》さんよりおしゃれな服を着ないのがルールとか、ご機嫌《きげん》をそこねるとまずいとか、最初に吹聴《ふいちょう》された花鈴のイメージがガラガラとくずれていく。そのうえ、おでん町銀座に住んでいるのがカッコいい？

それから椎菜は、やっと今日の大切な本題を思い出した。

「で、その、六車さん。わたしの話、なんだけど……」

それから、椎菜は、おばあちゃんといっしょに探偵《たんてい》をやっていること、幽霊屋敷《ゆうれいやしき》のこと、そして六車建設がかかわった解体工事で、作業員がふたり亡くなったことを話した。

「本当に呪《のろ》いでふたりも亡くなったなんて信じられないし、くわしい状況《じょうきょう》を、現場《げんば》にいた人に直接聞きたいの。会社の人とか、紹介《しょうかい》してもらえないかな？」

真剣《しんけん》に話を聞いてくれた花鈴がうなずいた。

「その話なら、うちでも話題になってたの。わかった。うちのパパに聞いてみるけど……子どもが探偵って、なんかちょっと、説得力がないかなぁ」

そのとき椎菜のなかで、いいアイデアがひらめいた。

「だいじょうぶ。わたしにいい考えがあるの」

「なら、いいけど……。ところで、パパを紹介するなら、ひとつ条件《じょうけん》があるの」

花鈴が、いたずらっぽい目で椎菜を見た。

「キャラミルの服？」

花鈴《かりん》が顔の前で人差し指をふる。

「わたしも探偵《たんてい》の仲間にしてほしいの」

「え？」

「わたし、ファッションも好きだけど、じつは探偵小説も大好きなのよ！」

「え、ええ！」

それから、椎菜《しいな》と花鈴は、休み時間が終わるまで、探偵小説の話ですっかりもりあがってしまった。

「六車《むぐるま》さんより目立つ服を着ないのがルールだっていわれて、花鈴ってこわいんだって、思ってたの」

図書室から帰る途中《とちゅう》、椎菜がクスクス笑《わら》いながらいうと、

「なにそれっ、やだもう。うちの会社が大きいから、クラスの子が勝手に気をつかってるの。そんなこと、ぜんっぜんないのに。わたしは、ずっと椎菜の服が気になって、話しかけたくてうずうずしてたんだから」

どうやら花鈴がいつも椎菜をチラチラ見ていたのは、そういうわけだったらしい。

「これから、仲よくしてね」

花鈴がいい、

「もちろん」

椎菜は満開の笑顔《えがお》でうなずいた。

そして翌日《よくじつ》。椎菜は学校帰りに、さっそく六車建設に行けることになった。ランドセルをならべて校門を出る花鈴と椎菜を、クラスメイトたちがキョトンとした顔で見ていたのは、いうまでもない。

花鈴の家は、生垣《いけがき》にかこまれた和風の豪邸《ごうてい》だった。さすがに地元の名士だ。その豪邸のすぐとなりにある三階《かい》建てのビルに、大きく『六車建設』という看板《かんばん》が出ている。さらにそのとなりの駐車場には大型トラックや重機が何台もとめられていた。

ビルに入ると、花鈴は慣れた様子ですれちがった女子社員に「おつかれさまです」と声をかける。エレベーターで三階に上がると、そこは広い事務所《じむしょ》になっていて、花鈴のお父さんは、いちばん奥《おく》の社長の椅子《いす》に、どっしりと座っていた。

う、さすが社長。貫禄《かんろく》ありすぎ……。大きな体に、日焼けしたごつい顔がこわそうに見える。ドキドキしたけれど、社長は花鈴の顔を見ると、やさしそうな笑顔になったので、椎菜はホッと胸《むね》をなでおろした。

「はじめまして。わたし、おでん小学校新聞部の南原椎菜《なんばらしいな》と申します」

花鈴《かりん》に紹介《しょうかい》されると、椎菜は昨日《きのう》の夜、部屋でこっそり作った手書きの名刺《めいし》をさし出した。

「へー、新聞部なんだ」

社長は、名刺が出てきたことが予想外だったらしく、あわてて背筋《せすじ》をのばして名刺を受け取った。それから、急いで自分の名刺を出して、「よろしくね」と笑顔《えがお》でいった。

「いいアイデアってこれ？」花鈴が耳元でささやく。

「うん。聞きこみはマスコミを名乗るとうまくいくって、おばあちゃんが教えてくれたの」

社長にうながされて、椎菜と花鈴は、社長の席のすぐとなりにある革張りのソファに腰《こし》を下ろした。

「じつは今、『本当にあったかもしれないこわい話』という特集を担当《たんとう》しておりまして……」

小学校の新聞部とはいえ、マスコミを気どると口調も自然ときびきびしてくる。椎菜はさっそく話をきりだし、屋敷《やしき》の解体作業で、ふたりが亡くなったときの様子をくわしく教えてほしいとお願いした。

「ふむ。あれは、たしかに奇妙《きみょう》な話でね。あとで聞いたんだけど、トウワ食品の社長が亡くなるときに、あの屋敷には、本物の呪《のろ》いがかかっているって、いい残したそうじゃないか。知っていれば、おはらいのひとつもやったのにさ。ま、その話なら、現場《げんば》にいたノムさんが知っているから、今呼《よ》んであげるよ」

社長が内線電話をかけると、しばらくして作業着を着た、社長よりも年上のおじさんが汗《あせ》をふきながらやってきた。椎菜が新聞部の名刺を出してあいさつをすると、ノムさんと呼ばれたおじさんは、「へー、新聞部ねぇ」と名刺を見て感心しながら、さっそく話を始めてくれた。

「まず解体作業の初日に、イシカワっていう三十歳《さい》くらいのやつがね、現場に着いて門を開けたとたんに、いきなり胸《むね》を押《お》さえて苦しみはじめたんだよ。まっ青な顔してのたうち回ってさ。救急車呼ぼうかっていったんだけど、本人がだいじょうぶっていうから、そのまま帰らせたんだよ。そしたらその夜に、会社にイシカワのお兄さんっていう人から電話があってね。弟が心臓発作で急死したので明日《あした》の作業にはいけませんって、いわれたんだ」

話を聞きながら椎菜《しいな》は、「あれ？」と思った。電話で知らされたということは、会社の人は、だれもそのイシカワさんが死んだところは見てないということになる。

「ま、そのときは、びっくりしたけどさ。あの苦しみ方だったし、持病があったんだろうって思ってね。そういうこともあるかなって思ったんだけど、翌日《よくじつ》にまったく同じことが起きたんだ。今度はエトウっていう、やっぱり三十歳《さい》くらいだったかな。同じように苦しみはじめてね。それで早退させたんだけどさ」

ノムさんは息をつくと、女子社員が運んできた麦茶をひと口飲んで、額《ひたい》の汗《あせ》をぬぐった。

「今度は、夜になってお姉さんっていう人から電話があってね、心臓発作で亡くなったって。電話を受けたときには、ゾッとしたよ。いくらなんでも、こんな偶然《ぐうぜん》ないだろ」

え、ふたり目も電話？ってことは、やっぱり死んだところを見た人はいない……。

「それで、不動産屋に聞いたらさ、すごい呪《のろ》いがかかっているってうわさがあるそうじゃないか。それを聞いたらさ、現場《げんば》に出てたやつは、屋敷《やしき》をこわそうとしたせいで、人が次々に死んでいくんだって、みんな震《ふる》えあがっちまってね。もう作業はやらないことにしたんだよ」

椎菜はメモをとる手を止めて、顔を上げた。

「その、つまり、ふたりが亡くなったところは、会社の人はだれも見てないってこと、ですよね」

「うん？　まあそうだな。電話で連絡《れんらく》を受けただけだからね。でも現場で亡くなってたら、いろいろやっかいなことになってたからさ。正直なところ、自分の家で亡くなってくれて、助かったんだよ」

「だれかお葬式《そうしき》にいったりとかは、してないんですか」

「いってないよ」

ノムさんはあっさりといった。

「あ、さっきから、ずいぶん冷たい言い方してると思ってるかもしれないけどさ。亡くなったふたりは、うちの社員じゃないんだよ」

社員じゃない？　椎菜はポカンとした顔をノムさんにむけた。

「ふたりとも日雇《ひやと》い作業員なんだ。工事の当日が初対面だし、ぶっちゃけ、身元もよくわからないんだよ。うちみたいな土建業だとね、解体のかんたんな仕事は、日《ひ》雇《やと》い作業員をやとうんだよ。履歴書《りれきしょ》もなくてさ、その日働いて、その日に給料あげてってやつ。このまえ東條《とうじょう》さんの屋敷《やしき》の解体にいったふたりも、そういう日雇いさんだったから、名前と携帯《けいたい》番号くらいしか知らないんだ。作業中の事故《じこ》ってわけでもないからさ、それっきりなんだけどね」

「それじゃ、そのふたりがほんとに死んだかどうかは、わからないし、調べようもないっていうことですか」

「う、うーん。まあ、そういわれれば、そういうことになるかな」

ノムさんは、椎菜《しいな》がなにをいおうとしているのかわからないという顔で、ハゲた頭をつるりとなでた。

そのふたりは、きっとまだどこかで生きている。椎菜は直感した。

「亡くなった作業員のふたり、どんな人だったんですか？　見た目の感じとか、特《とく》徴《ちょう》とか」

「あ、それは覚えているよ。イシカワのほうは、背《せ》がかなり高くて、でもひょろっとして青白い顔してたね。こんなひ弱そうなやつが、解体作業なんかできるのかなって思ったくらいだよ。目がすっと切れ長でさ、歌舞伎《かぶき》役者みたいだったな。んで、エトウはさ、これが正反対でね。ずんぐりして丸顔で背が低くて、全体的にまるっこい感じのヤツだったね」

「キツネとタヌキみたいね」

となりで話を聞いていた花鈴《かりん》が、クスリと笑《わら》った。

キツネとタヌキ？　つい最近、そんなふたり組をどこかで見たような気がする。

「どうかした？」

眉《まゆ》をギュッと寄《よ》せて考えこんでいる椎菜を見て、花鈴が首をかしげる。

「……う、うん」

椎菜の頭に、美汐《みしお》さんのアパートから出てきた、トウワ食品の元社員というふたりの男の姿《すがた》がちらついた。たしか年齢《ねんれい》は三十歳《さい》くらいで、ひとりはひょろりとしたキツネ、もうひとりはずんぐりとした丸顔で、たしかタヌキみたいな印象だった。ただの偶然《ぐうぜん》かな？　それとも、このふたりと、あのふたりは、もしかしたら同一人物？　たでも、どうして……。

とにかく美汐さんに、あのふたりのことをもっとくわしく聞いてみる必要があり

そうだ。そう思いつくと、

「おいそがしいところ、ありがとうございました！」

椎菜《しいな》はいきおいよく立ち上がって、頭を下げた。

「ね、どうしたの？　わたしにも教えてよ！」

六車《むぐるま》建設のビルを出て、ずんずん歩きはじめた椎菜を花鈴《かりん》が追ってくる。椎菜は歩きながら、美汐《みしお》さんのアパートで見た元社員というふたりも、キツネとタヌキみたいだったことを花鈴に話した。

「でもそのふたりが、屋敷《やしき》で亡くなった作業員だったとしたら、どういうことになるの？」

「わたし、そのふたり、死んでないと思うの。だれも死んだところを見ていないし、本当に死んだのかどうか、たしかめようもないって、ノムさんもいってたでしょ」

「じゃあ、なんで死んだなんてうそをついたの？」

「それはわからないけど、なにか裏《うら》があるような気がする。だって、呪《のろ》いのせいで、ふたりが続けて死んだなんて、信じられないもん」

「まあ、いわれてみればそうかもしれないけど。それで、どうするの？」

「まずは、美汐さんに会って、解体作業で亡くなったっていう男たちと、元社員が同じ人かどうかをたしかめようと思って。その写真をノムさんに見てもらったら、わかるかもしれないし。美汐さんなら、写真とか持ってるでしょ」

「そっか。じゃあ、わたしもいっしょに行く！」

こんどは花鈴が、椎菜の腕《うで》をとってかけだした。

美汐さんが通う中学校は、六車建設から歩いて十五分ほどのところにあった。この時間なら、ちょうど学校から出てくるだろうということになり、椎菜と花鈴は門の前で美汐さんを待つことにした。

「あら、椎菜ちゃん？」

正門の前でうろうろしていたら、後ろから美汐さんに声をかけられた。

「こんにちは」

椎菜は、美汐さんに花鈴を紹介《しょうかい》すると、いっしょに歩きながら、さっそく、屋敷の解体工事で、ふたりの作業員が相次いで亡くなり、呪いのうわさがたっていることを話した。

「そんな、呪いだなんて……。わたしたち家族が暮《く》らした、大切な家なのに」

美汐《みしお》さんは立ち止まると、くやしそうに唇《くちびる》をかみしめた。

「お父さんが亡くなるときに、本物の呪《のろ》いがかかっているっていった話は聞いたけど、苦しみながらいったことだから、本当になにがいいたかったのかはわからないって、お母さんもいってたし。呪いがかかっているなんて、ぜったいにうそよ」

「わたしもそんなの信じられなくて。それに、よく聞いてみたら、だれもそのふたりが死んだところを見てないの。で、そのふたりの作業員なんだけど、どうも見た目の感じが、このまえ美汐さんの家から出てきた元社員っていう男の人たちに似《に》ているような気がして。写真があれば見せてほしいの」

美汐さんは、元社員の話が出たとたんに、すっと表情をくもらせた。

「写真なら、うちに社員旅行のときのがあるはずだから。あ、でももしそのふたりだったら、死んでないのはまちがいないよ。昨日《きのう》もうちに来たばっかりだから」

アパートに着くと、美汐さんはさっそく押入《おしい》れのなかの段《だん》ボールからアルバムを取り出し、そのなかから一枚《まい》の写真を見せてくれた。

海をバックに、美汐さんのお父さんらしい社長をかこんで、若い社員たちが笑顔《えがお》で写っている。

「これ、七、八年前のだけど、お父さんの右にいるのが菱川《ひしかわ》さんで、左が加藤《かとう》さん」

たしか、亡くなった作業員はイシカワとエトウという苗字《みょうじ》だった。名前もなんとなく似ている。アパートの階段で見たときのいやな感じはぜんぜんなくて、さわやかな好青年という印象だった。花鈴《かりん》はその写真を携帯《けいたい》電話で撮影《さつえい》すると、すぐにノムさん宛《あ》てにメールで送ってくれた。椎菜《しいな》はもう一度、手元の写真を見て、「あれっ？」と思った。後ろの列にいる若い女性の顔に、なぜか見覚えがあるような気がしたのだ。

「どうかした？」

携帯をいじっていた花鈴が椎菜を見る。

「う、うーん。なんかこの女の人、見たことがあるような気がしたんだけど……」

「ああ、浩美《ひろみ》さん」

写真を見て、美汐さんが笑顔になった。

「このお姉さんはね、会社にいるころから劇団《げきだん》に入っていて、今も続けているみたいなの。テレビには出ていないけど、もしかしたら舞台《ぶたい》のポスターとかで見たのかもしれないよ」

うーん。納得《なっとく》したようなしないような感じで、椎菜《しいな》がうなっていると、花鈴《かりん》の携《けい》帯《たい》電話が鳴った。

「ありがとう、ノムさん」花鈴は電話を切ると、

「大当たり。亡くなったっていう作業員に、このふたりすごーく似《に》てるって」

「ホント！　ってことは……？」大当たりだったけれど、なんだかよくわからなくなって、椎菜はひたいに手をあてた。

どうして、元社員が屋敷《やしき》の解体工事の日雇《ひやと》い作業員になったんだろう。どうして、次々に死んだなんて、うそをつく必要があったんだろう。どうして、そんなにたびたび、この美汐《みしお》さんのアパートに顔を出しているんだろう。あの元社員のふたりは、いったい、なにをたくらんでいるんだろう？

椎菜は答えを求めるように、美汐さんに顔をむけた。美汐さんは、そんな椎菜の視線《しせん》を受けて、口を開いた。

「このまえはいわなかったんだけど、この人たち、うちの家族を心配してここに来ていたんじゃないの。じつは、あの屋敷、おじいちゃんが建てたんだけど、昔から、かくし金庫があるっていう伝説みたいなのがあって……」

「かくし金庫？」

　椎菜と花鈴の声が重なる。

「どこで聞いたのか、そのかくし金庫に一億円があるって、あのふたりは信じていて、かくし金庫の場所を教えろとか、本当は知っているんだろうとか、しつこく聞いてきてたの。でも、わたしたち、ずっと住んでいたけど、そんな金庫なんて、どこにもなかったし……」

　美汐さんは、棚《たな》にたてかけられたお父さんの写真と、屋敷から運んだあの森の絵に目をやり、小さく息をついた。

「会社が急に倒産して、退職金も出なかったから、その金庫を見つけて支払《しはら》えって。それで、ちょくちょく、うちにきては、生活ぶりをうかがっているの。このまえも洗濯機がこわれて買いかえただけなのに、いよいよ金庫を見つけたんだろうって、しつこくて」

　美汐さんは、本当にいやそうに首をふった。

「その人たち、そんなにお金にこまっているのかな」花鈴が首をかしげる。

「うん。ふたりでペットのブリーダーの仕事をしてるみたいなんだけど、それがうまくいってないらしくて。借金もあって、かなりあせってるみたいなの。うちにも猫《ねこ》くらいなら飼えるだろうって、売りつけようとしたこともあったし。もちろん、そんな余裕《よゆう》ぜんぜんないから、ことわったけど」

椎菜《しいな》は猫と聞いただけで、目がかゆいような気がしてきた。

そういえば、あの男たちとすれちがったときに出たくしゃみは、猫アレルギーだったのかもしれないと椎菜は思った。ブリーダーをするほど猫を飼っているなら、猫のアレルギー物質が着ている服に大量についていても、おかしくないはずだ。

「つまり、その、結局どういうこと？」

話がまったく見えない様子の花鈴《かりん》が、椎菜を見る。椎菜は頭を整理しながら、口を開いた。

「つまりあのキツネとタヌキに似《に》た元社員は、今とてもお金にこまっている。それで、あの屋敷《やしき》にかくし金庫があって、そこに一億円があると信じている」

「うんうん」

花鈴がうなずく。

「それで、あの屋敷にしのびこんで、探し回っていたんじゃないかな」

あの屋敷で、目がかゆくなったりくしゃみが出たのも、あの男たちが、猫のアレルギー物質をたっぷりつけた服を着たまま、かくし金庫を探し回って、うろうろしていた証拠《しょうこ》かもしれない。椎菜は頭を整理しながらさらに続けた。

「だけど、なかなか金庫を見つけられなくて、美汐《みしお》さんのところにもたびたび押《お》しかけたりして必死になっていた。ところが、屋敷が売れて、解体工事をすることになってしまった……」

「あ、だから、屋敷を解体したら、かくし金庫も見つかるだろうと思って、作業員になったんだ！」

花鈴がポンと手を打った。

「ううん。そうじゃない」椎菜は首を横にふった。

「もし作業中に金庫が見つかっても、作業員がそこから一億円を持ち去るなんて、かんたんにはできないでしょ」

「そうね。たしかに、ポケットにねじこめるような額じゃないもんね」と花鈴。

「それに、ふたり続けて死んだなんていう芝居《しばい》をうった理由もわからないし」と美汐さん。

椎菜《しいな》はうなずいた。

「ふたりは、自分たちで金庫を見つけるまで、解体作業をやめさせたかったんじゃないかと思うの。呪《のろ》いがかかっていて、作業をしようとした人間が次々に死ぬなんてことになれば、作業は中止になるでしょ。それに気味悪がって、だれも近寄《ちかよ》らなくなるから、金庫を探しやすくなるし」

「そっか！　たしかに、それなら筋《すじ》が通るね」

花鈴《かりん》が目を輝《かがや》かせる。

「だとしたら、あのふたり、本当に許《ゆる》せない」

美汐《みしお》さんは表情をかたくし、キュッと唇《くちびる》を結んだ。

「で、これからどうするの？」と花鈴。

「うん、これで呪いの疑いが晴れるかもしれないし。とりあえず、ナンシーに相談《そうだん》してみる」

椎菜は立ち上がった。

その日、花鈴と別れて事務所《じむしょ》に帰ると、なんと、表にかけてあったナンシー探偵《たんてい》事務所の看板《かんばん》がなくなっていた。あわてて中に入ると、

「おかえり。おそかったね」

紺《こん》の作務衣《さむえ》に前かけをつけ、三角巾《さんかくきん》をしたナンシーがカウンターから顔を出した。まるで和菓子屋《わがしや》のおかみさんみたいだ。

「ど、どうしたの、その格好《かっこう》？」

「いったろ、あんみつ屋にするって。善は急げっていうからさ、さっそく衣装《いしょう》を取り寄せたんだよ。子ども用も買っといたから、椎菜もよかったらどうぞ。今ね、メニューの研究してんだよ」

カウンターには、白玉粉やフルーツ缶《かん》がならんでいる。

「ナンシー、ちょっと待って。まだ、事件《じけん》は終わってないの」

椎菜はカウンター席に座ると、今日の収穫《しゅうかく》をひととおりナンシーに話して聞かせた。最初のうちこそ、あんこをねりながら聞いていたナンシーも、すぐに三角巾をはずし、椎菜のとなりに座った。

「椎菜ひとりで、よくそこまで調べたね」

話を聞き終えたナンシーは、腕組《うでぐ》みをしてまっすぐに椎菜を見た。

「うん。あ、でも、同じクラスの花鈴が助けてくれたから」

「そっか、友だちもできたんだ」

「うん」

椎菜《しいな》がうなずくと、ナンシーもうれしそうだった。

「しかし、猫《ねこ》アレルギーねぇ。わたしにそんなもん、あったのかねぇ」

カウンターにもどって、せっかくだからと、あんみつをつくりはじめたナンシーが目を細めて宙《ちゅう》を見る。

「今まで猫をさわって、かゆくなったこととかなかったの？」

「猫は昔から苦手でさ。近寄《ちかよ》ったこともないから、わからなかったのかもしれないねぇ」

あんみつの器がふたつ、カウンターにならんだ。

「でも、あのふたりが屋敷《やしき》でかくし金庫を探し回っていたとしても、椎菜とわたしの目がまっ赤になって、くしゃみが止まらなくなるほどのアレルギーが出るものかねぇ」

それはたしかにいわれてみると、そんな気もしなくもない。

「もしかして、猫を連れてきて、金庫を探させてたのかも」

椎菜が思いつきでいうと、

「猫の手も借りたいってかい？　そりゃないだろ」

ナンシーが真顔で答えた。

「まあ、とにかく呪《のろ》い騒動《そうどう》は、あの男たちの仕業《しわざ》でまちがいなさそうだね。屋敷の解体作業を中断させたのがどのくらいの罪《つみ》になるかはわからないけれど、そのキツネとタヌキやらは、警察《けいさつ》にとっつかまえてもらおう。少なくとも、呪いなんてものはまっ赤なウソだってことがはっきりするだろうから、関川《せきかわ》も喜ぶよ。明日《あした》わたしが警察に相談《そうだん》に行くよ。その前に、ちょっくら、関川に話してこようかね」

ナンシーは前かけをはずして立ち上がった。

「その前に、看板《かんばん》、もどしといてね」

椎菜があんみつを食べながら外を指さすと、ナンシーは、小さくあごをつき出して、気まずそうにうなずいた。

五……W《ダブル》ナンシー危機一髪《いっぱつ》！

今ごろナンシーは警察《けいさつ》に行っているのかな。

そんなことを考えていた翌日《よくじつ》の午前中。四時間目の授業は、図工だった。

「今日は名画の模写《もしゃ》をやりましょう」

図工の先生が、図書室から借りてきたらしい、名画の画集を教壇《きょうだん》に積み上げている。図工室では席が自由なので、椎菜《しいな》のとなりには花鈴《かりん》がいる。わずか一日で、いきなり親友みたいになったふたりを見て、クラスのみんなは、あっけにとられていた。

「わたしね、モネとかルノアールとか、印象派の絵が好きなの」

花鈴は、教壇からさっそく何冊《さつ》か画集を借りてもどってきた。椎菜は絵のことはよくわからないので、花鈴が持ってきた画集をパラパラとめくってみた。そして、一枚《まい》のところで、ハッと手を止めた。

「この絵って……」

「どうかした？」

モネの画集に夢中になっていた花鈴が、顔も上げずにいう。

「あの屋敷《やしき》にかかっていた絵に、この絵、すっごく似《に》ているんだけど……」

「昨日《きのう》、美汐《みしお》さんの家にあった絵？」

花鈴が椎菜の手元の絵をのぞきこんだ。

「本当だ、たしかにそっくりだね。へえ、この絵『ノロイの森』っていう名前なんだって。あの絵、レプリカだったんだね」

「レプリカ？」

「かんたんにいうと、ニセモノってこと。わたしたちが今からやろうとしている、模写と同じ。だって、まさか本物が日本の個人の家にあるわけないでしょ。だから、だれかが模写したレプリカ」

「そうか、それはそうだね」

「こういう画集に出ているような名画なら、きっと本物は何億円の価値だよ」

いいながら、花鈴《かりん》は画集をぐっと引き寄《よ》せて、絵の解説を読みはじめた。

「本物……？」

椎菜《しいな》のなかで、なにかがひらめきそうになる。

本物の、ノロイ、の森……。椎菜は口のなかで、つぶやいた。

「へー。ねえ、この絵、イギリスの美術館から盗《ぬす》まれたっきり、もう十年も行方《ゆくえ》不明なんだって。なんかミステリアス」

花鈴が絵の解説を読みながら、高い声でいった。

「行方不明？　ノロイの森……。本物のノロイの森、が、かかっている……」

椎菜は、すくっと立ち上がった。

「もしかしたら、あの絵、その行方不明になったままの本物のノロイの森なのかも……」

「え、どういうこと？」

「美汐《みしお》さんのお父さんが、亡くなるときにいった遺言《ゆいごん》……」

「あの、屋敷《やしき》には、本物の、呪《のろ》いが、かかっているっていうやつ？」

花鈴が記憶《きおく》をたどるようにいう。

「そう、それ。かかっていたのは呪いじゃなくて、『ノロイの森』っていう絵の本物だったのかも」

花鈴も、あっと口を開けて、椎菜を見た。

「あの屋敷には、本物の『ノロイの森』がかかっている！」

花鈴と椎菜が同時にいった。

とにかく、ナンシーに報告だ。

椎菜は、学校が終わると、だれよりも早く校門を出て通学路を走った。

おでん町銀座に続く細道に入ると、電飾《でんしょく》のアーチの下に、トレンチコートを着たナンシーの姿《すがた》が見えた。警察《けいさつ》に相談《そうだん》に行った帰りなのかもしれない。

かけよろうとして、椎菜は足を止めた。あたりをキョロキョロうかがっているナンシーの表情が、見たこともないほど、かたく険《けわ》しかったのだ。

立ち止まった椎菜の後ろから、バイク便のバイクがやってきて、びゅんと追い抜いていく。

ん？　あのバイク便のバイク、どこかで見たような……。

椎菜が首をひねっている間に、ナンシーは、バイク便に紙袋《かみぶくろ》をわたし、おがむようなしぐさで見送る。Uターンしたバイク便は、再び椎菜《しいな》の横をすりぬけて、あっという間に見えなくなってしまった。

「ナンシー、今のなに？」

椎菜はあわてて、ナンシーにかけよった。

「あ、椎菜。たいへんなことになったんだよ。警察《けいさつ》に行こうとしてたらね、美樹《みき》から電話があって、会社のお金を三百万円も電車の網棚《あみだな》に置き忘《わす》れちゃったって。それですぐに会社にもどさないと盗《ぬす》んだって疑われるから用立ててほしいっていうからさ。今あわてて銀行にかけこんで、それで、引き取りのバイク便にわたしたところだったんだよ。もう、美樹ったら、あわて者なんだから。本当にだいじょうぶかしら……」

「ナンシー、ちょ、ちょっと待って。美樹って、ママはパリにいるんだよ」

「え？　あ、だって」

ナンシーは、ポカンとして、目をぱちくりする。

「電話で、おいおい泣きながら『美樹です』って。駅から電話かけてきて、電車の音もしてたし……。ん？　あれが、パリ？」

「ナンシー、それ、さ、詐欺《さぎ》だよ。オレオレ詐欺！」

「だ、だって、電話の声、女だったし、オレオレなんて、いわなかったし……」

「でも、バイク便が、パリまで行くわけないでしょ」

「そ、そんな……」

ナンシーは、かくんとひざを折《お》ると、その場にへたりこんでしまった。椎菜はナンシーの肩《かた》を抱《だ》きかかえながら、「あっ」と声をあげた。

「思い出した！　今のバイク便、あの屋敷《やしき》の裏《うら》に、古い自転車やバイクといっしょに捨てられてたやつじゃない？」

「え？」

ナンシーが椎菜を見る。

「そういえば……たしかに」

ナンシーの表情が、すっと引きしまった。

電話口から聞こえたという、駅のざわめき、電話口でおいおい泣く女の声……なにかがひらめきそうになる。椎菜はあわてて、ランドセルから自由帳を取り出した。

前のページをめくりながら、頭のなかで、情報がひとつにつながっていく。

「屋敷《やしき》の近所で聞きこみをしたとき、となりの公園にいた中学生が、昼間に屋敷からおいおい泣く女の声が聞こえた、っていってたよね」

「うん」ナンシーがうなずく。

「和室の押入《おしい》れに、駅の音がするCDがあったよね」

「うん、あった……」

ナンシーがハッとした顔で椎菜《しいな》を見つめ、椎菜はうなずいた。

「……あの屋敷、オレオレ詐欺《さぎ》のアジトなのかもしれない」

あそこなら、電話口で大きな声で泣いたり、CDで駅の騒音をかけても、近所に怪《あや》しまれて通報されるようなことはない。バイク便のバイクをかくしておくのもかんたんだ。

「つまりオレオレ詐欺の犯人《はんにん》は、元社員で、猫《ねこ》のブリーダーをしている、キツネとタヌキってことかい？」

かくし金庫を探すだけじゃなく、詐欺の電話をかけるために、長い時間あの和室にこもっていたのなら、椎菜やナンシーに猫アレルギーが出てもおかしくない。椎菜はもう一度うなずいた。

「屋敷を取りこわしたくなかったのは、かくし金庫だけじゃなくて、オレオレ詐欺にぴったりのアジトを守りたかったからなのかもしれない」

ナンシーは、こぶしを握《にぎ》って立ち上がった。

「探偵《たんてい》をだましやがって！　待ってろよ。とっつかまえてやる！」

「え……？」

ナンシーは、トレンチコートのすそをひるがえすと、『豚骨《とんこつ》ラーメントントン』の前にとめてあった出前用のバイクに、さっとまたがった。

ナンシーと椎菜の声を聞きつけて、『パーマはるみ』から、はるみさんが、はさみを持ったまま飛び出してきた。

「オレオレ詐欺のアジトだって？」

「ああ。今から、犯人をとっつかまえにいくんだよ」

「ホントかい？　それなら、わたしも行くよ」

はるみさんは、無理やりにナンシーの後ろに体をねじこませる。

「しっかりつかまってな」

ふたりを乗せた出前用のバイクは、止める間もなくあっという間に走りだした。

『パーマはるみ』から、ビニールのケープをつけたままの女の人が飛び出してきてあ然とした顔で立ちつくす。『トントン』からは、太ったご主人が飛び出してきて、あんぐりと口を開けたまま、走り去るバイクを見送る。それからさわぎに気づいて、商店街の面々がそれぞれの店から顔を出しはじめた。

どうしよう。いくらなんでも、おばあちゃんがふたりで、オレオレ詐欺《さぎ》のアジトになぐりこみなんて……。

「椎菜《しいな》ちゃん、なんのさわぎだい。オレオレ詐欺がどうのって、聞こえたけど」

権蔵《ごんぞう》さんが心配そうな顔で店から顔を出した。

「椎菜っ」

そこにピカピカの自転車に乗った花鈴《かりん》が手をふりながらやってきた。

「事件《じけん》のことが気になって、今日、バレエさぼってきちゃった」

目の前に自転車をとめた花鈴は、椎菜をとりかこむ商店街の人たちを見て、

「今日は商店街のお祭り？」

「花鈴、いいところに来た！　この自転車貸して」

「え？　ナンシーさんは？」

「あの屋敷《やしき》が、オレオレ詐欺のアジトだったみたいなの。ナンシーとはるみさん、ふたりでなぐりこみにいっちゃったの。助けにいかなくちゃ！」

「助けるって、椎菜がひとりで？」

そんな花鈴の声も耳に入らず、椎菜は、花鈴の自転車にまたがると、屋敷にむかって夢中でペダルをこいだ。

屋敷の裏《うら》木戸の前まで来ると、『トントン』の出前用のバイクがとめてあるのが見えた。ここから、ふたりはすでに中に入っているらしい。椎菜も自転車をとめると、屋敷の敷地内に足をふみ入れた。

案《あん》の定《じょう》、さっき見たばかりのバイク便のバイクが、裏庭の隅《すみ》にとめてある。ここがオレオレ詐欺のアジトであることは、まちがいないようだ。

椎菜は息をつめて表に回ると、リビングの出窓《でまど》の下から、中をのぞいてみた。

あ、ナンシーに、はるみさん……。リビングの床《ゆか》には、手を後ろでしばられたナンシーとはるみさんが座らされていた。ソファには、美汐《みしお》さんのアパートで見たキツネ顔とタヌキ顔の男が座って、ナンシーからせしめたらしい一万円札を数えてニヤついている。どうやら勢いだけで屋敷にふみこんだふたりは、あっという間に犯《はん》人《にん》たちに捕《つか》まってしまったらしい。

たいへんだ。とにかく、すぐに警察《けいさつ》に知らせなくちゃ。そのとき、

「人の家に勝手に入ったらいけないよ」

ゾッとするような冷たい声が、耳元で聞こえた。

ギョッとしてふりむくと、椎菜《しいな》のすぐ後ろに女が立っていた。ほくろの多い顔に見覚えがあった。

この女……。最初に聞きこみをした、裏《うら》のアパートの住人だった。そして、美汐《みしお》さんに見せてもらった社員旅行の写真のキツネやタヌキの後ろにも写っていた。

「呪《のろ》いがかかっているから、この屋敷《やしき》には入らないほうがいいって、忠告《ちゅうこく》してやっただろ。いうこと聞かないから、こういうことになるんだよ」

どうして、もっと早く気づかなかったんだろう……。椎菜は唇《くちびる》をかみしめた。美汐さんは、この女のことを、たしか劇団《げきだん》に入っている浩美《ひろみ》さんといっていた。電話口で、「美樹《みき》です」といっておいおい泣いたり、「弟が亡くなった」といって六車《むぐるま》建設に電話したのも、この女にちがいない。

女は椎菜の腕《うで》をつかむと、またたくまに後ろ手にロープでしばり、引きずるよう

にして、屋敷のなかに連れこんだ。

そして、リビングのドアを開けると、椎菜をナンシーとはるみさんの間に転がした。

「椎菜！」

ナンシーが目を見開いて声をあげる。

「まったく、テレビ局のディレクターなんていうからさ、信じそうになっちゃったけど。よく見たら、ババアと小学生じゃん」

浩美がタバコに火をつける。

「なんだよ。この子ども」

三人をキッとにらみつけている椎菜を見ながら、タヌキがいった。

「窓《まど》から中をのぞいてたんだよ。こっちのばあさんといっしょに、このまえ屋敷のまわりをうろついて、テレビ局のディレクターとかいって、聞きこみしてたんだよ」

「はん、なんだか知らないけどさ。ここまで見られたら、生かして帰すわけにはいかないな」

キツネ顔の男が、切れ長の目をさらに細めて、ニヤリと笑《わら》った。

「こ、この子になにかあったら、ただじゃおかないよ。わたしはどうなってもいいから、この子には指一本さわるんじゃないよ」

ナンシーがしばられた体をよじるようにして、声をはり上げる。

「残念《ざんねん》だけど、ひとりだけ生かして帰すってわけにはいかないんだよ、ばあさん」

「でも、三人まとめてとなると、手間がかかるだろ」

タヌキが不安そうに、しばられている三人を見た。

「この屋敷《やしき》に火をつけちゃえばいいのよ。火の玉から不審火《ふしんび》ってことで、片づけてもらえるんじゃない？」

浩美《ひろみ》がタバコの煙《けむり》を吐《は》き出す。まるで自転車の捨て方でも提案するような軽い口調に、椎菜《しいな》は背筋《せすじ》が冷たくなった。このままだったら、本当に三人まとめて焼き殺されてしまいそうだ。

こういうときはどうすればいいんだろう……。えっと、ナンシー探偵事務所《たんていじむしょ》オリジナルの方法は、コショウで目くらましをして、そのすきに逃《に》げるんだったけど……。

右どなりを見ると、ナンシーのトレンチコートのポケットに、コショウのビンの赤いふたが見えている。でも、この手をなんとかしないと、コショウのビンをにぎることもできないし。手をほどくには、はさみがあればいいんだけど、はさみ、はさみ、はさみ？　さっきどっかで、よく切れそうなはさみを見たような……。そうだ、はるみさんが手に持っていた美容室のはさみは、今どこにあるんだろう？

左どなりを見ると、はるみさんの白衣のポケットから、金属のはさみの持ち手の輪が、のぞいているのが見えた。体をずらせば、取れるかもしれない。

「でも、火なんかつけたら、一億円もいっしょに燃えちまうんじゃないか」

「金庫だもの、燃えないわよ。夜中にでも焼けあとを探せば、あっさり見つかるんじゃない」

「そっか。広い屋敷でかくし金庫を探し回るよりも、そのほうが早そうだな。一億さえ見つかれば、せこい詐欺《さぎ》なんて、やる必要もなくなるしな」

はるみさんに体を寄《よ》せて、白衣のポケットからはさみを抜きとろうとしている椎菜の動きに、はるみさんとナンシーが気づいた。

「たった一億。三人で割ったら三千三百万円ぽっちだろ。そんな金のために、三人もの人間の命をうばう気かい？」

ナンシーは、椎菜《しいな》よりほんの少し前に体を出して、いきなりしゃべりはじめた。椎菜をかばいながら、少しでも時間をかせごうという作戦らしい。気づいたはるみさんが椎菜に体を寄《よ》せながら、あとに続ける。

「あんたら、人を殺してこれから先、一生幸せに生きられると思ってんのかい？」

キツネが細い目で、はるみさんをキッとにらみつけた。

「ああ、思ってるよ。ここで警察《けいさつ》につかまったら、長いことムショ暮《ぐ》らしになるんだよ。そんなのまっぴらごめんさ。三千万あれば、人生やり直せんだろ。もうみじめで貧乏《びんぼう》な暮らしはこりごりなんだよ」

ナンシーがふっと息をついた。

「いいかい、幸せってのはね、ぜったいにお金では買えないし、お金に換えることもできないんだよ。お金で買えないものを大切にできない人間は、どんなにお金があっても、心から幸せを感じることはできないんだ。そこんとこ、よーく自分の頭で考えな」

椎菜の指がはさみの輪にかかり、はさみを抜き出すことができた。体を動かしているうちに、しばっているロープもだいぶゆるみ、手が動かせるようになってきている。椎菜ははさみを使って、まずはるみさんのロープを切った。

「うっせーババァ、知ったふうな口きくんじゃねぇよ。息子や娘においおい泣かれて、あっさりだまされたくせにさ。この世の中に、金で買えないものなんか、ねぇんだよ」

キツネがイラついた様子で、声を荒らげる。今度ははるみさんが、椎菜のロープを切った。

「ああ、だまされたさ。家族はわたしのいちばんの宝だからね。娘も孫も、お金じゃ買えないし、死んじまった旦那《だんな》や、両親やおじいちゃん、おばあちゃんとの思い出も、お金じゃ買えないんだよ。友だちやご近所の人たちや、店のお客さんとの信《しん》頼《らい》関係も、いくらお金を積んでも買えるようなもんじゃないんだよ」

椎菜の手に再びはさみがわたり、今度はしゃべっているナンシーのロープを切った。

「あんた、たまにはいいこというねぇ」

はるみさんは、手が自由になっていることなど、みじんも見せない涼しい顔で、しみじみうなずく。

「どうせあれだろ。あんたら、三人で一億手に入れたって、仲よくなんて分けられないんだろ。ひとり殺せばもう三千万、もうひとり殺せば、もう三千万って、三人で殺し合いが始まるんだよ。最後に生き残ったひとりが一億手に入れても、日本の警察《けいさつ》は有能だからね。じきに捕《つか》まって、五人の殺人罪《さつじんざい》で死刑だよ。今なら、詐欺《さぎ》の罪《つみ》だけで、出所すれば、まだまだやり直せるのにさ」

はるみさんの言葉にタヌキの目が泳いだ。どうやら心がゆらいでいるらしい。

「な、なに、真に受けてびびってんだよ。お前のこと殺したりしねぇよ。ちゃんと二千万くらいはやるよ」

キツネが、あわてたように早口でいう。

「なんで二千万なんだよ？　三人で三等分って約束《やくそく》だろ」

タヌキがカッと顔を赤くした。

「バカだな。詐欺のアイデア考えたのはオレだぜ。この屋敷《やしき》をアジトにすることも、駅の音のＣＤ作るのも、オレが考えたんだからいちばん多くもらって当然だろ」

「なによ。あんた指示ばっかりでろくに動かないじゃない。わたしだって、ちゃんと三千万以上はいただくわよ」

浩美《ひろみ》がタバコをもみ消して、立ち上がった。

「わ、わかったよ。やるよ、ふたりに三千三百三十三万。それでいいだろ？　とにかく、とっととこの三人をかたづけようぜ」

キツネがとりなすようにいい、タヌキはまだ不満げに腕《うで》を組んでいる。

犯人《はんにん》の三人がもめているすきに、椎菜《しいな》、ナンシー、はるみの手は完全に自由になっていた。椎菜の手には、すでに特大コショウのビンがにぎられている。

でも、今犯人の三人は、リビングのドアをふさぐような位置にいる。いくらコショウをまいても、若い男ふたりと女ひとりを押《お》しのけてドアを開けるのは、あまりに危険だ。ひとこともしゃべらなくても、ナンシーもはるみさんも、同じことを考えているらしい。ナンシーはどう動くべきか、様子をうかがっているように見えた。

そのとき、椎菜はハッとひらめいた。この部屋にいる犯人の数を減らす方法。

「この屋敷を燃やしたら、あのすごい絵も、いっしょに燃えちゃうんじゃない？」

とつぜん口を開いた椎菜を、犯人たちがけげんな表情で見る。ナンシーとはるみさんも、「なにをいい出したんだろう」というように、椎菜の言葉に耳をすませた。

「絵って、なによ」

浩美《ひろみ》がいった。

「この部屋にあった絵。あれ、どこに行ったのかな」

「絵なんて、どうでもいいんだよ」

キツネが面倒くさそうにいう。

「でも、売ったら三億の価値らしいよ」

「三億？」

犯人《はんにん》三人の声が裏返《うらがえ》って重なった。

「な、なに適当《てきとう》なこといってんだよ。三億って、そんなすごいもんが、この屋敷《やしき》にあるわけないだろ」

キツネは、半信半疑という目を椎菜《しいな》にむけた。

「『ノロイの森』で検索してみて。ノロイは森の名前だからカタカナでね。十年前にイギリスの美術館で盗《ぬす》まれてから、行方《ゆくえ》がわかってない名画の本物なんだよ」

「それ、マジ？」ナンシーのつぶやきが耳元で聞こえる。

「なんでそんなすごい絵が、この家にあるんだよ。どうせニセモノなんだろ」

ぶつぶついいながら、スマートフォンで検索していた浩美の顔色が変わった。

「ほんとだ……『ノロイの森』。十年前に盗難《とうなん》にあって以来、行方不明だって……」

キツネとタヌキが、浩美のスマートフォンをのぞきこむ。

「たしかに、この部屋にあった絵と同じみたいだけど」

「なんでそれが、本物だってわかるんだよ」

キツネがさぐるように椎菜を見た。

「社長の遺言《ゆいごん》、忘《わす》れたの？」

「遺言？」

「お姉さんが、わたしに教えてくれたでしょ？」

椎菜が浩美を見る。

「この屋敷には、本物の呪《のろ》いがかかっている……。え、それって、まさか」

と浩美。

「本物のノロイの森が、かかっている？」

犯人の三人と、ナンシーの声がそろった。

ついこのまえまで、ノロイの森がかけられていたリビングの壁《かべ》を、犯人の三人がぼう然とした顔で見つめている。

「いつ気づいたんだよ、そんなすごいことに」ナンシーが耳元でささやく。

「今日の図工の時間」椎菜《しいな》は声をひそめて答えた。

「どこにいったんだよ、あの絵」

われに返ったキツネが、あわてはじめた。

「ちょっと前まで、この部屋にあったよな」

とタヌキ。

「不動産屋が持っていったのかと思って、気にしなかったのよね。まさかそんなすごい絵だったなんて……」

「あ、そういえば、あの絵。二階《かい》の子ども部屋で見た気がするねぇ」

ナンシーが、しれっとした声で答えた。

「二階の子ども部屋？　よし。おまえ、こいつらを見張ってろ」

キツネがタヌキにむかっていい、キツネと浩美《ひろみ》が、転がるようにリビングを出て、二階にかけ上がっていった。

ナンシーがうなずいた。

椎菜はすばやく立ち上がると、タヌキめがけてコショウを思いっきりふりかけ、ドアに近いはるみさんが、力いっぱいドアを押《お》し開けた。

「ひゃ、ひっ」

タヌキが目をおさえてうずくまり、三人は廊下《ろうか》を走り、玄関《げんかん》を開けて一気に屋敷《やしき》の外に飛び出した。

すると、ちょうど表の門が開き、権蔵《ごんぞう》さんと花鈴《かりん》を先頭に、おでん町銀座の面々、総勢二十人ほどが、いっせいに屋敷の敷地に流れこんできた。見ると、手には、お玉やめん棒《ぼう》、フライパン、ペンチ、竹竿《たけざお》、シャベルなどなど、自前の武器が握《にぎ》りしめられている。

「おっと、三人とも無事だったかい。このお嬢《じょう》ちゃんが、屋敷のことを教えてくれたんだよ。でも、門のカギをこわすのに手こずっちまってよ、遅《おそ》くなって悪かった」

権蔵さんが特大のペンチを見せて汗《あせ》をふいた。

そこへ、くしゃみをしながら追いかけてきたタヌキが転がり出てきて、腰《こし》をぬかし、あっという間にみんなにしばり上げられてしまった。

「みんな、ありがとう」

ナンシーがいうと、

「なにいってんだよ。ナンシーとはるちゃんのこと、放っておけるかよ」

『トントン』のご主人が、胸《むね》をはる。

「あとふたり、まだ二階《かい》にいるんだよ」

はるみさんの声に、

「よし、みんなでとっつかまえよう」

権蔵《ごんぞう》さんと商店街の面々はうなずき合い、肩《かた》をいからせて屋敷《やしき》のなかに入っていった。

「椎菜《しいな》、無事でよかった！」

「花鈴《かりん》、ありがとう」

椎菜は花鈴の手をにぎりしめると、緊張《きんちょう》の糸がほぐれたようにヘナヘナとその場に座りこんでしまった。

屋敷のなかで大きな物音がした。窓《まど》から逃《に》げ出そうとしていたキツネと浩美《ひろみ》も、またたくまに権蔵さんたちにしばり上げられてしまったらしい。

パトカーのサイレンがひびきわたり、屋敷の前でとまる。どやどやと警察官《けいさつかん》が入ってきた。椎菜と花鈴もあとについて屋敷のなかに入った。

リビングには、しばり上げられたキツネとタヌキと浩美が、転がされている。ナンシーとはるみさんが、警察官に事情を説明し、商店街の面々が、犯人《はんにん》三人を取りかこんでいる。椎菜と花鈴は、ちょうど『ノロイの森』がかけてあったあたりの壁《かべ》に張りつくようにして、その様子を見ていた。

「あれ、花鈴、どうしよう。髪《かみ》がからまった」

いつのまにか、結んだ髪が、壁《かべ》から飛び出したクギのようなものにからまってとれなくなっている。絵がなくなったせいで、隠れていたクギがむき出しになってしまったらしい。

それにしても、なんでこんなところにクギなんかあるんだろう……？

「あ、ほんとだ。ちょっと待って」

花鈴がクギをグルグルと回しはじめる。すると、クギはあっけなく壁からぬけてしまった。

「あれ……？」

椎菜と花鈴が首をかしげていると、暖炉《だんろ》のあたりからゴロゴロとかたいものどうしがこすれるような、かわいた音がひびきはじめた。

やがて暖炉《だんろ》の上のレンガの壁《かべ》が左右に開き、三十センチ四方くらいの大きさの空《くう》洞《どう》があらわれた。

「これ、もしかして、かくし金庫？」

ナンシーが空洞を見つめて、つぶやく。警察官《けいさつかん》も商店街の面々も、なにがなんだかわからない様子でポカンとしている。

「一億円……」

しばられたままのキツネが息をのむ。

警察官が白い手袋をして、空洞に手を入れると、中から出てきたのは、ぶどうの絵がついた小さな段《だん》ボール箱だった。一億円が入っているにしては、小さすぎるような気がする。

「純金ののべ棒《ぼう》かも」

タヌキがぼそっという。

警察官が箱を開けた。箱のなかに入っていたのは、一万円札の束《たば》でも、光り輝《かがや》くような純金でもなかった。そこにあったのは、子どもがクレヨンでかいた家族の絵だった。

絵の下には「とうじょう みしお」と書いてある。美汐《みしお》さんが五、六歳《さい》のころにかいたものらしい。その下にも、クレヨンでかいた、つたない子どもの絵が何枚《まい》も入っていた。警察官が絵の上に置かれていた紙切れの文字を読みあげた。

「一億円を探している人へ。お金はすでに会社再生のために使いました。トウワ食品社長 東條哲史《とうじょうてつし》」

「そんな……」浩美《ひろみ》がうめくような声をもらす。

「何なんだよ。これは」

キツネがしばられたまま、くやしまぎれにソファの足をけとばす。

「お金では、買えないもの……」

タヌキが、子どもの絵を見て、小さくつぶやいた。

それから数週間がすぎた。椎菜《しいな》の推測《すいそく》どおり、美汐さんの家にある絵は、十年も行方《ゆくえ》不明だった、本物の『ノロイの森』であることが、正式に判明《はんめい》した。イギリスの美術館から大量に名画が盗《ぬす》まれた事件《じけん》のときに、どういうわけか、あの絵だけがちがう荷物《にもつ》にまぎれこみ、商人から商人の手にわたり、朝市で安く売られ、美汐《みしお》さんのお父さんに気に入られて、日本にやってきたのだ。

美汐さんのお父さんも、なにかのきっかけで、あの絵が盗《ぬす》まれた名画であることに気づき、それを伝えようとしていた矢先に、持病の発作におそわれてしまったらしい。

美汐さんは、『ノロイの森』をイギリスの美術館に返し、屋敷《やしき》は六車《むぐるま》建設によって、無事にとりこわされることになった。

工事が始まったのは、秋の終わりのよく晴れた日だった。屋敷の様子を見にきていたナンシーと椎菜《しいな》は、むかいの歩道で同じく解体工事の様子を見守る美汐さんに、ばったり出くわした。

「あの絵をオークションにかけて売れば、屋敷を買いもどすことくらい、かんたんにできただろうに」

美汐さんは首をふった。

「これでよかったんです。お父さんも、生きていたら、あの絵をお金にかえたりしなかったと思うんです。それに、あの絵が美術館にあれば、たくさんの人に見てもらえるし。わたしたちには、お父さんが金庫にしまうほど大切にしてくれた、わたしがかいた家族の絵があるから」

ひゅんと冷たい風が吹いて、街路樹のイチョウの葉がはらはらと舞う。屋敷は重機によってすでに半分がくずされ、ドールハウスのように断面がむき出しになっていた。

「わたしも、働くようになったら、お金をためて、イギリスにいって、またあの絵に会いたいなって思っています。そうなれるように、がんばります」

「そうだねぇ。棚《たな》から落っこちてきたような大金でぜいたくしても、意外と気持ちが悪いもんだしね。自分が働いて手に入れたお金で、なにかをするっていうのは、すがすがしいもんだよ」

ナンシーの言葉に、美汐さんはにっこり笑《わら》ってうなずいた。

「それに、あの三人も、もともとは、うちの会社が倒産したせいで、お金にこまって詐欺《さぎ》までするようになってしまったんだし。わたしたちだけが、ぜいたくをしたり、いい思いをするのは、ちがう気がして。……浩美《ひろみ》さん、社員旅行のときにいっしょに遊んでくれた、やさしいお姉さんで、会社がなくなったあとは、劇団《げきだん》でがんばっているんだとばっかり思っていたのに……まさか、その演技力を利用して、オレオレ詐欺《さぎ》をしていたなんて」

美汐《みしお》さんが、声をつまらせた。

「あの演技力は、ぜひ舞台《ぶたい》でいかしてほしかったねぇ。いい女優になったろうに。目先の金に目がくらんじまったんだね。それにしても、電話の後ろで駅の音まで流すなんてさ、あくどいことばっかり、よくも思いつくもんだよ。こっちはコロッとだまされちまったよ」

ナンシーは、いまいましげにフンと鼻を鳴らした。オレオレ詐欺ごときにだまされたことが、よほどしゃくにさわるらしい。

「ナンシー探偵《たんてい》も、娘の泣き声には、弱かったってことだね」

椎菜《しいな》がちゃかすようにいうと、ナンシーは、横目でジロリと椎菜をにらんだ。

「このことは、美樹《みき》には、いうんじゃないよ」

「でも、あれは名セリフだったなぁ。子どもも孫も、家族はわたしのいちばんの宝物なんだよって。あれ、やっぱり、ママに聞かせてあげたいなぁ」

「ダメダメ、ぜったいに、ダメ！」

本気で目じりをつり上げているナンシーを見て、美汐さんがクスクス笑《わら》い、椎菜もナンシーも、結局いっしょに笑ってしまった。

美汐さんとわかれて事務所《じむしょ》に帰ると、ちょうど自転車に乗った花鈴《かりん》が来たところだった。

花鈴はナンシー探偵事務所・助手二号を名のり、バレエやバイオリンなどの習いごとが終わったあとは、毎日のように遊びにきている。といっても、今のところ仕事もないので、このごろはもっぱら学校新聞を作っている。例の名刺《めいし》で新聞部を名乗った手前、やっぱり新聞のひとつも発行しなくちゃと思いたち、ふたりで作りはじめたのだ。これがけっこう好評《こうひょう》で、現在第三号を製作中。内容は、おでん町幽霊《ゆうれい》屋敷事件《やしきじけん》のてんまつはもちろん、学校内のちょっとしたうわさ話や、花鈴が作った四コマ漫画《まんが》やらで、けっこう盛りだくさんなのだ。

ナンシーが、ひと息いれようかと、カウンターでコーヒーをいれていると、チロリン、とドアの鈴が鳴った。入ってきたのは、不動産屋の関川《せきかわ》さんだった。

ナンシーは、関川さんの顔を見ると、

「もう、幽霊退治《ゆうれいたいじ》の仕事はお断りだよ」低い声でぴしゃりといった。「ったく、こっちは死にかけたんだからさ」

「ハハ。今日は仕事じゃないよ。実は、猫《ねこ》のことでね」

「猫？」

関川《せきかわ》さんはうなずきながら、椎菜《しいな》のとなりのカウンター席に腰《こし》かけた。

「あの捕《つか》まった犯人《はんにん》の男たち、子猫を売るブリーダーやっててね。高く売ろうと思って、なかなか値段を下げなかったもんだから、大きく育っちゃったのが、ずいぶんあまっててさ。せまいアパートに、三十匹《ぴき》もいるのが見つかったんだよ。それで、だれかもらい手がないかと探しているってわけさ」

「なんで、あんたが探してるんだい」

「そのアパート、うちの物件《ぶっけん》なんだよ。もちろんペット禁止にしてたんだけどね。三十匹も飼ってたなんて、気づかなくてさ。まあ、本来なら、ぜんぶ保健所に持っていって殺処分ってことなんだろうけど、生き物だからね。そんなふうには割り切れないだろ」

「たしかにねぇ。でも……」

椎菜は三十匹の猫と聞いただけで、鼻がムズムズするような気がして、びくんと肩《かた》をふるわせた。

「悪いけどさ、わたしも椎菜も、かなりの猫アレルギーらしいんだよ。ほら、あの屋敷《やしき》で張りこみしたときに、目がかゆくなったり、くしゃみがとまらなくなって、呪《のろ》いのせいかも、なんていってたろ」

「ああ、そういえば」

「あれ、どうやらその犯人たちも、わたしらが使ったのと同じ座布団《ざぶとん》に長いこと座って、オレオレ詐欺《さぎ》の電話かけてたらしいんだよ。せまいアパートに三十匹じゃ、体中にアレルギー物質がつきまくってても、おかしくないからねぇ」

ナンシーが関川さんの前にコーヒーを置いた。

「なるほど。ま、そういうわけじゃ、仕方がないな。それにしても、ナンシーが猫アレルギーだったとは知らなかったよ」

「わたしも知らなかったんだよ。ったく、この年になって不便な話さ。それより、パーマ屋のはるみのところで、聞いてみたらどうだい。はるみは、子どものときから、よくそこいらのノラに、エサやってたからさ。たぶん猫好きだよ」

「ほう。ナンシーとはるちゃんは、幼なじみだもんな。じゃ、さっそくいってみるかな」

いいながらも、関川《せきかわ》さんはすぐに立ち上がるようすもなく、「ここのコーヒーは、意外とうまいんだよなぁ」とうれしそうにコーヒーを味わっている。

それにしても、仲が悪いようなことをいいながら、あの屋敷《やしき》を脱出《だっしゅつ》するときのナンシーとはるみさんは、見事な、あ・うんの呼吸《こきゅう》だった。なんだかんだといいながら、小さいころからおたがいをいちばんよく知っているのだろう。

「今度はるみさんに、ナンシーが子どものときのこと、聞いてみよっかな」

椎菜《しいな》がいうと、

「よけいなことするんじゃないよ。はるみは、幼なじみなんかじゃないからね」

「じゃあ、なんなの？」

「ただの、くされ縁」

「ふうん」

「なにさ」

「それでも、相手の考えていることがちゃんとわかってるっていうのが、すごいなって、思って」

ナンシーはとぼけたように目をそらすと、カウンターにクッキーの缶《かん》をのせた。

「くされ縁でもなんでも、昔っからの友だちってのは、いいもんだよな」

ふたりのやりとりを聞いていた関川さんが、勝手にクッキーをつまみながら、しみじみという。

「あのときだってさ、ナンシーと椎菜ちゃんとはるちゃんを助けるために、この商店街なんか、みんな自分の店からっぽにして、あの屋敷にかけつけちゃったんだから。あ、おれは屋敷のカギを忘《わす》れちゃって、役に立たなかったんだけどね」

「え、ぜんぜんダメじゃん」

ナンシーと椎菜の声がそろう。関川さんは、頭をかきながらも続けた。

「でも、あれから、おでん町銀座も、少し活気がもどったような気がしないかい？顔を合わせれば、体が弱った、跡継《あとつ》ぎがいないってグチって、いつ店を閉めるかなんてことばっかりいってたのにさ。みんなでオレオレ詐欺《さぎ》の犯人《はんにん》とっつかまえたら、すっかりいきいきしちゃって。また朝のラジオ体操《たいそう》始めようとか、餅《もち》つき大会を復活しようとか、相談《そうだん》してんだよ」

そういえば、このごろシャッターを閉めている店がへって、前よりも人通りが多くなったような気がする。

「そうだ」

花鈴《かりん》が、思いついたように口を開いた。

「猫《ねこ》のこと、学校新聞にのせてみようよ。全部は無理でも、何匹《びき》かはもらい手が見つかるかもしれないし」

「あ、それいいね。全校生徒に聞けば、見つかりそうだよね」

椎菜《しいな》がうなずいた。

「うちの家族は犬派で、ラブラドールが二匹もいて無理なんだけど、会社の人とか、猫が好きな人もいるから、会社でも聞いてみるよ」

関川《せきかわ》さんが、「だれ？」と問うように、椎菜を見たので、

「学校で同じクラスの、六車《むぐるま》花鈴さんです」と紹介《しょうかい》した。

「ん？　ってことは、六車建設の」

椎菜がうなずくと、関川さんが、軽くコーヒーを吹いた。

「いやー、どうも、どうも。気づかなくて、失礼しました。いつもお世話になっております。関川不動産です」

関川さんは、ハンカチで口元をぬぐいながら、すくっと立ち上がり、大人にあいさつするみたいに、ていねいに腰《こし》をおった。おでん町での六車家の影響力《えいきょうりょく》は、絶大らしい。

「いえいえ。わたしはただの、娘ですから」

花鈴が、しどろもどろになって、返したのがおかしかった。

「しかし、あれっきり仕事もないしねぇ。そういや、あんみつ屋の服も買ったことだし。やっぱり、あんみつ屋でも始めるかねぇ」

関川さんが帰ると、ナンシーは、コーヒーを飲みながら、ひまそうにつぶやいた。

そんなナンシーを、カウンター席から椎菜と花鈴が、ジロッとにらむ。

「オレオレ詐欺《さぎ》にだまされちゃったこと、ママには知られたくないんだよね」と椎菜。

「なんでも、ひとつのことを続けるのが大切だって、うちの父もいつもいってます」と花鈴。

「なんだいなんだい。ふたりともすっかり息が合っちゃって」

ナンシーがすねた子どものように、ほおをふくらませる。

「仕事がないなら探しにいこうよ。みんなで、おでん町をパトロールするのはどう？」

「いいね、行こう行こう！」

椎菜《しいな》につられて、花鈴《かりん》が立ち上がる。

「まだまだ探偵《たんてい》を続けろってのかい？」

ナンシーがため息をつく。

「もちろん！」

椎菜と花鈴が答えると、

「やれやれ」

ナンシーは残りのコーヒーを飲みほして、立ち上がった。

事務所《じむしょ》のドアを開けると、おでん町銀座の上に、青く澄《す》んだ空が広がっていた。

椎菜は空を見上げると、思わず大きな深呼吸《しんこきゅう》をした。

「あー、気持ちがいい」

花鈴も空を見上げる。

「ほんと、気持ちがいい」

ナンシーは、おでん町銀座に行きかう人々をながめながら、うれしそうだ。

「さてと、パトロールに出発しようか」

「うん！」

ナンシーを先頭に、椎菜と花鈴は、前よりにぎやかになったおでん町銀座を歩きはじめた。

小路すず（しょうじ すず）
1973年、東京都八王子市生まれ。多摩美術大学芸術学科卒業。音楽事務所、広告代理店等を経てフリーライター。第15回ジュニア冒険小説大賞を受賞（『おでん町探偵・Wナンシー』を改題）、デビュー作となる。

ナンシー探偵事務所　呪いの幽霊屋敷

2017年4月30日　第1刷発行
2024年9月15日　第5刷発行
作　者　　小路すず
発行者　　小松崎敬子
発行所　　株式会社 岩崎書店
〒112-0014　東京都文京区関口2-3-3 7F
電話　03-6626-5080（営業）　03-6626-5082（編集）
印刷所　三美印刷株式会社
製本所　株式会社若林製本工場
NDC913　ISBN978-4-265-84010-6　19cm × 13cm

Published by IWASAKI publishing Co.,Ltd.
Printed in Japan

ご意見、ご感想をお寄せ下さい。E-mail:info@iwasakishoten.co.jp
岩崎書店HP：https://www.iwasakishoten.co.jp
落丁、乱丁本はおとりかえいたします。